JN192705

與謝野寛 短歌選集

平野萬里 編

砂子屋書房

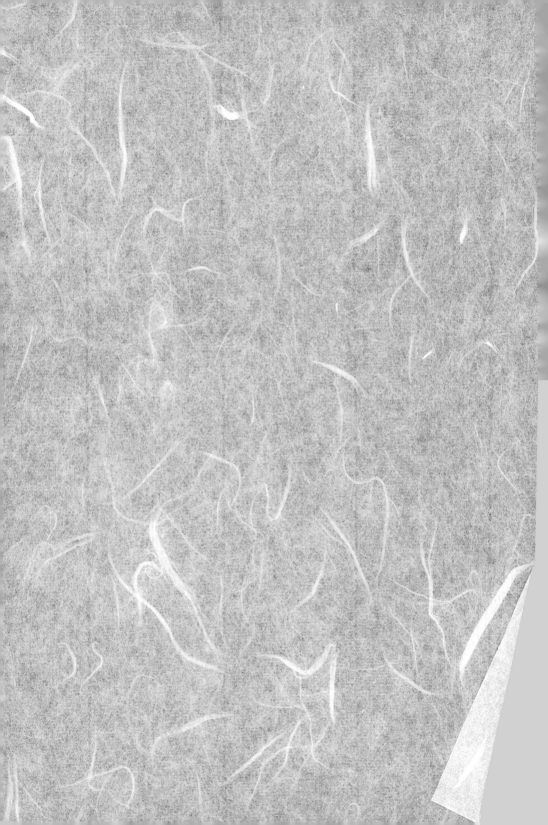

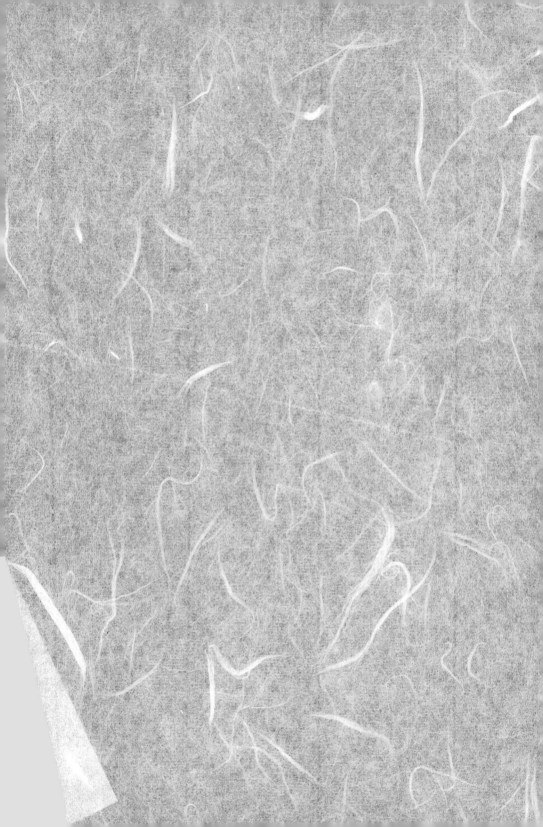

與謝野寛　照影

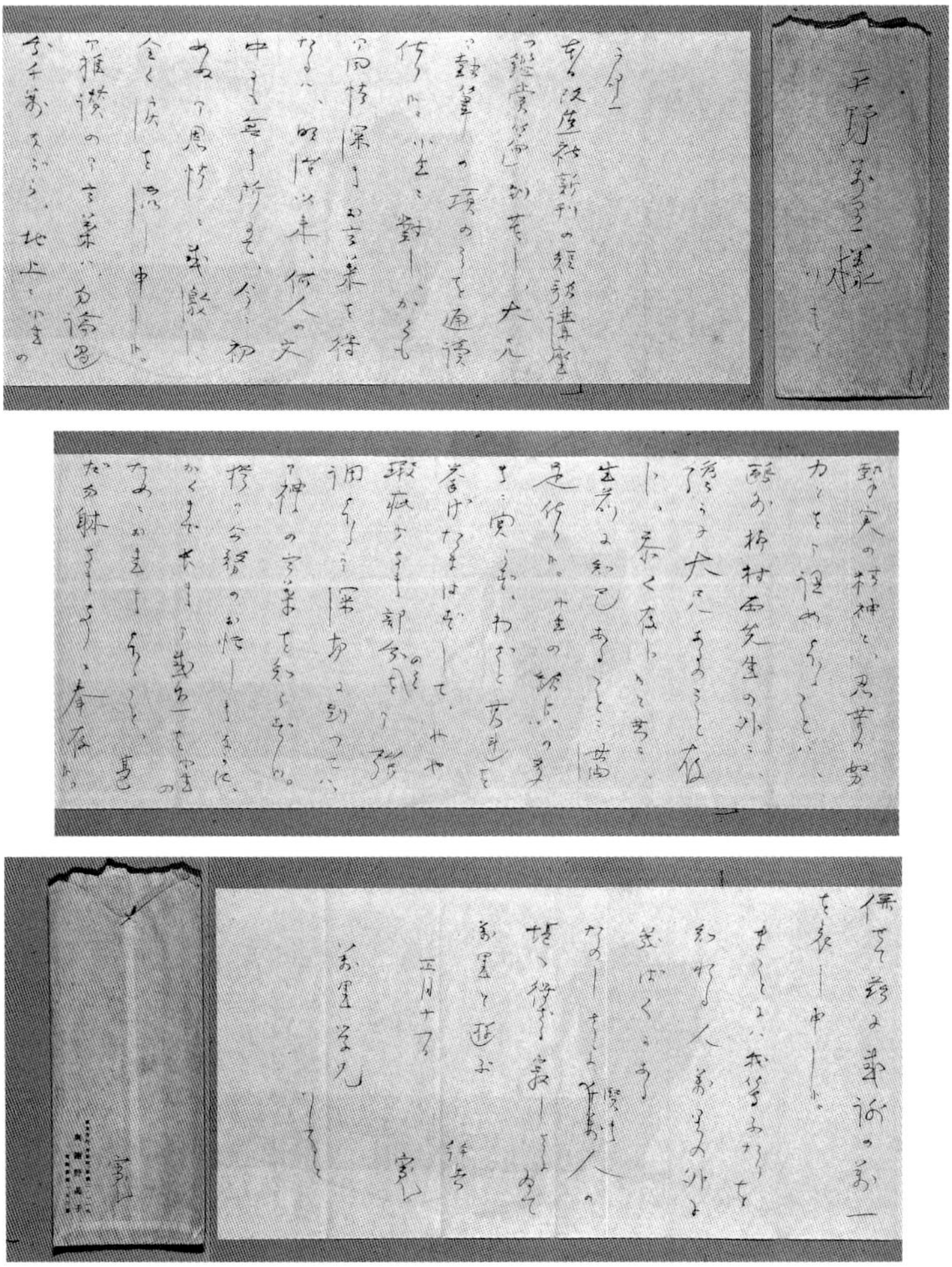

與謝野寛より平野萬里へ宛てた書簡（次頁参照）

昭和七年一月十一日付

與謝野寛より平野萬里へ宛てた書簡

啓上

本日改造社新刊の短歌講座「鑑賞篇」到著し、大兄御執筆の項のみを通讀仕り候。小生に對し、かくも御同情深きお言葉を得たるは、明治以來、何人の文中にも無き所にて、今に初めぬ御恩情に感激し、全く涙を流し申し候。御推讃の御言葉は、勿論過分千萬ながら、地上に小生の摯實の精神と、忍苦の努力とを御認め被下しことは、鷗外柳村兩先生の外に、纔かに大兄あるのみと存じ、忝く存じ候と共に、生前に知己あることに滿足仕り候。小生の欽點の多きに關らず、わざと其れを擧げたまはずして、やや瑕疵少なき部分のみを御强調被下し御深切に到つては、御禮の言葉を知らず候。猶御公務のお忙しきなかに、かくまで長き御感想を小生のためにお書き被下しこと、甚だ勿躰なき事に奉存候。併せて茲に感謝の萬一を表し申し候。

拜具

寛

まことには我等ふたりを知れる人萬里の外に幾ばくかある
たのしさよ賢き人の堪へ得ざる寂しさにゐて萬里と遊ぶ

正月十一日

萬里學兄　御もと

吟行での一こま
左手前 與謝野寛、左奥 與謝野晶子、右手前 關戶信次、右奥 平野萬里

与謝野寛短歌選集序文

大白鳥となりて空行く――与謝野寛の魅力

三枝昂之

（一）

二〇一三年秋のことだが、山梨県立文学館で「与謝野晶子展」が行われた。短歌にとどまらない晶子の圧倒的な世界を紹介するのがメインだが、私はそこを鐵幹（寛）の魅力再発見の場にもしたいと考えた。鐵幹はすぐれた歌人なのに評価はそれほど高くない。だから鐵幹ＰＲの場としても活用したかったのである。しかし資料満載の会場に鐵幹を割り込ませる余地はなく、会場出口のオープンスペースに「与謝野鐵幹・晶子の歌くらべ」というコーナーを考え、当時の学芸課教育普及のメンバーが工夫を凝らした楽しい場にしてくれた。同じテーマの歌を並べて、どちらがいいか入館者に投票してもらうという紅白歌合戦のノリも生かして。

実はこのアイデア、日本各地で会う鐵幹晶子の歌が並んだ碑を見ていると、「うーん、やはり鐵幹の方がいい」と思うことが多いところから生まれた。例えば渋民の石川啄木記念館の庭に建てられた二人の歌。

いつしかと心の上にあとかたもあらずなるべき人と思はず　　晶子

古びたる國禁の書にはさまれて日付のあらぬ啄木の文　　寛

啄木の暮らしぶりを蘇らせた寛の歌には追懐に情がこもっているが、晶子の歌は誰にでも当てはまる、通り一遍の挨拶歌と感じる。まず展示で晶子の歌に親しみ、その後で知られることの少ない鐵幹の魅力にも目覚めてほしいと考えて企画した歌くらべ、さて反応はどうだったか、二組だけ紹介してみよう。なお、歌合わせでは混乱を避けてすべて「鐵幹」表記である。

相見《あい》しは大き銀杏《いてふ》の秋の岡金色《こんじき》ながす光の夕　　鐵幹　180
金色《こんじき》のちひさな鳥のかたちして銀杏ちるなり夕日の岡に　　晶子　248

同じ銀杏黄葉の歌だが、晶子は教科書にも載ってなじみの一首だから、当然のことながら、投票は晶子が二四八票と多い。しかしこの歌くらべ、私は鐵幹に一票である。二人で見た銀杏の忘れがたさをビジュアルな風景が見事に生かしているからだ。実は近い風景のこの二首、初出は鐵幹が「明星」明治三十七年三月号、晶子が翌年一月号である。鐵幹の恋の歌を晶子が純粋自然詠として摂取した可能性が高い。ともかくも、晶子の代表歌との比較にもかかわらず180人が鐵幹に軍配を挙げたことが心強い。

限りなく富士より雲のひろごりて人ははかなき物思ひする　　晶子　81
大地より根ざせるもののたしかさを獨り信じて默《もだ》したる富士　　鐵幹　90

こちらは富士の歌。歌くらべをおもしろがった高校生がこの二首の前で「鐵幹、やるーゥ！」と感動、票数も鐵幹の勝ちとなった。

高校生も感激した鐵幹の富士、堂々たる存在感で屈指の富士の歌だろう。この歌、今回の『與謝野寛短歌選集』でも大正一二年の「嶽影湖光」の一首として選ばれている。

（二）

改めて確認しておくが、與謝野寛の功績は大きい。森鷗外と折口信夫、二人の言葉がそのことをよく示している。

一體今新派の歌と稱してゐるものは誰が興して誰が育てたものであるか。此問に已だと答へることの出來る人は與謝野君を除けて外にはない。

（森林太郎「相聞序」）

啄木の『一握の砂』の出來た頃に、與謝野鐵幹が『相聞』と言ふ歌集を出して居ります。この歌集は大變な歌集で、その妻の與謝野晶子の非常に有名な、優れた歌集のどれと比べても、それ以上の歌集です。そればかりではありません。日本の歌の歴史を見ましても、この『相聞』以上に行く歌集はそれほどございません。日本の歌の歴史の上で大いに記念すべき歌集なのですが、與謝野さんと言ふ人はどう言ふ譯か、その人柄が他の人と融け合へなかつたと見えまして、歌までも或點まで人望の外に立つて居ります。

（折口信夫全集巻十一「新派短歌の歴史」）

『相聞《あいぎこえ》』は明治四十三年三月発行、詩歌集『東西南北』から数えて七冊目の作品集だが、短歌だけの初めての作品集でもある。新派の歌を興したのは鐵幹という鷗外の言葉はその『相聞』序文からだが、これは決して身びいきの見解ではない。斎藤茂吉「明治和歌革新運動の序幕に至る迄の考察」（斎藤茂吉全集巻二十一）には「今の世に歌ありやと言ふ者あらば心ならずも東西南北を示さむ。今の世に新體詩ありやと言ふ者あらば心ならずも東西南北を示さむ」という正岡子規の評を引用していて興味深い。和歌革新に乗り出す寸前の子規の視野に入る新派は鐵幹だけだったことがわかる。茂吉の文章は「中央公論」大正十五年一月号に掲載された。「アララギ」全盛期と言われた時代とはいえ、和歌革新の軌跡を描く時にはやはり鐵幹の存在感を無視できなかったわけである。

折口の『相聞』への高い評価は「戦後、ＮＨＫから放送した筆記である」と全集のあとがきにある。折口は晶子より寛、子規より寛という評価で一貫していた。しかし注目しておきたいのは引用末尾である。人物評が芳しくないために素晴らしい歌が十分に評価されない、その機会が少ない。そう嘆いている。だから折口は加える。「殘念なことだと思ひますが、あなた方、時間のゆとりがあれば御覧なさる様にお勧めします」と。

折口のこの嘆きは今も続いている。実は私は、ある出版社に文庫版與謝野寛歌集の出版を提案したことがある。作品を身近に読む機会さえあれば寛の評価は必ず変わる、広がると考えているからである。しかしうまくいかなかった。代表的な作品が思い浮かばない、というのがその理由だった。

「われ男の子意氣の子名の子つるぎの子詩の子戀の子あゝもだえの子」が、「大空の塵とは如何が思ふべき熱き涙のながるるものを」があるではないか、ビジュアルな光景に晶子への愛おしみを込めた「わが妻は藤いろごろも直雨《ひたあめ》に濡れて歸り來《く》その姿よし」には立ち止まりたくなるではないか。詩に広げれば、石川啄木の子の葬儀に連なったときの「煙草」、「妻をめとらば」と始まる「人を戀ふる歌」、大逆事件を批判した「誠之助の死」と、次々に浮かんでくるではないか。知らなくても作品と向き合えば甲府の高校生のように「鐵幹、やるーゥ！」となるはずではないか。そう思っても、しかし、折口が嘆いたように〈歌までも人望の外に立って〉いるのだから、作品が思い浮かばないのもやはりやむを得ない。

（三）

與謝野寛の短歌は明治二十九年の『東西南北』から大正四年の『鴉と雨』に収められ、その前後の作品は昭和八年の『與謝野寛短歌全集』と昭和十年の『與謝野寛遺稿歌集』という形でまとめられた。寛への関心が薄れて単独歌集として世に問うことが難しくなった事情がそこにも表れている。『與謝野寛短歌全集』も『與謝野寛遺稿歌集』も広く読む機会がない今日、今回の選集は寛の全容に接する機会として、文字通り待望の一冊である。しかも選者は平野萬里。萬里は十六歳のときに新詩社に入会以来、他の弟子が新詩社を離れても寛を師と仰ぎ、與謝野夫妻を最後まで支えた。寛と萬里の強い信頼関係を窺わせる作品を引用しておこう。

來らずと知れど萬里を猶待ちぬ尾花峠の夕月のもと　寛「半面像」
番町に先生住めば荻窪に先生住めば我も住むかな　『平野萬里全歌集』
損をして損と思はぬ先生を損と思ひて我《われ》人惜しむ　同

萬里の二首は寛への挽歌である。東京帝大工科大学を卒業後、技師として、そして企業人として多忙な人生を歩んだ萬里だったが、それでも寛の近くに住むことを心がけた。晶子の晩年の名歌集にして遺歌集『白櫻集』が萬里の編集だったことも思い出したい。

平野萬里による今回の選集でまず注目したいのは『東西南北』以前の「萬葉廬詠草抄」である。そこには明治の和歌革新がなにを意識したか、その発端がおのずからの形で垣間見える。

鍋かけて我が煮る芋《うも》ゆ湯氣立てばあかがりの手を上にかざすも
吾《あ》を如何に思《おぼ》せか父は雪の日も木これ芋《うも》ほれ風呂たけと告《の》る
世の中に入らまく家を出でよちふ母のみことば其れに依りなん

「あかがり」はあかぎれのことである。あかぎれだらけの手を芋を煮る湯気にかざしていたわる寛少年の姿が飾り気のない表現からよく見えてくる。二首目の「これ」は木を伐る意味の「樵《こ》れ」、ここには父の厳しさを嘆く寛が居る。三首目は『與謝野寛短歌全集』の「與謝野寛年譜」、その明治二十五年の次の記述を思い出させる。

三月、徳山女學校を辭し、京に歸る。國語學專攻の志いよいよ堅し。伊勢の神宮皇學館に乞うて貸費生たらんとしたれども、貸費制無きの故を以て許されず。父は西本願寺の僧として身を立てしめんとし、母は竊に東京に出て苦學せよと勸む。

このあと、母の言葉に背中を押されて寛は「村の農婦」から五円を借り、東京を目指すのである。

三首から見える歌の特徴、それは後の益荒男ぶりからはるかに遠い、ありのままの自分をありのままの表現で綴った世界である。

実はこうした世界が、短歌を新しい時代に導いたといったら意外だろうか。與謝野晶子と斎藤茂吉、二人の発端を思い出したい。

堺敷島会での活動など、晶子には旧派和歌の時代があるが、「やかましい作法や祕訣のあるらしいのが厭」だった。しかし読売新聞の明治三十一年四月十日紙面に載った與謝野鐵幹の歌を見て「此様に形式の修飾を構わないで無造作に率直に詠んでよいのなら私にも歌が詠め相だ」と考え直す。

春あさき道灌山の一つ茶屋に餅食ふ書生袴つけたり　與謝野鐵幹

これがその時の歌である。なんの構えも感じない、ごく素直な情景のスケッチだから、これなら私にも詠める、という反応がよくわかる。翌年鐵幹が新詩社を興すと入会、「感じた儘を端から歌に詠む」ようになった。晶子は自分の発端を『歌の作りやう』でそう振り返っている。「旅順が陥ちたか、陥ちないかといふ人心の緊張し切つてゐた時」、茂吉は神田の貸本屋で『竹の里歌』を借りた。部屋に帰って読みはじめると「巻頭から、甘い柿もある。澁い柿もある。『澁きぞうまき』といつた調子のもので」嬉しくなった茂吉は「人皆の箱根伊香保と遊ぶ日を庵にこもりて蝿殺すわれは」などを読んで溜まらなくなり帳面に写しはじめた。『斎藤茂吉全集』巻五「思出す事ども」が伝える発端である。藤岡武雄『年譜斎藤茂吉伝』は「こうして茂吉は子規の模倣歌をつくり」、明治三十八年二月から読売新聞に投稿を始めたと記している。子規遺稿集『竹の里歌』の刊行は明治三十七年十一月だから、茂吉は読んですぐに歌作を始めたことになる。

晶子と茂吉、二人に共通する動機は「これならば自分にも詠める」である。やかましい作法とは無縁の飾り気のない歌への関心である。「おのがじしに」や「自我の詩」、そして「写生」といった標榜の基礎にそうした動機があったことは大切である。寛の『東西南北』以前がその呼び水の一つのようにも見えて興味深い。

その與謝野寛の世界が、今回、平野千里氏の決断で貴重な一冊となった。寛の世界をそれぞれの楽しみ方でお読みいただきたいが、なお、いくつかの歌を紹介しておきたい。

師の墓の霜をぞ掃ふ我が胸の涙を掃ふことの如くに　『鴉と雨』

父の逐ひ兄の捨てける寛《ひろし》をば惜しと誨《をし》へし萩の家の大人《うし》
行く道をあやまたずやと思ふ時こころしばしば師に歸り來る
八千巻《やちまき》の書をかさねたる壁ごしに畏《かしこ》まり聴く先生の咳
許されて我れと萬里とすべり入り拜す最後の先生の顔
人間の奇《く》しき强さもはかなさも身一つに兼ね教へたまへり
「涕涙行」

前者には落合直文の「例祭にて」と詞書があり、後者は大正十一年の森鷗外挽歌である。寛の挽歌は情が厚くて丈高い男歌、しかも直文や鷗外と寛の関係が反映されていて、挽歌の望ましい形を具現してもいる。鷗外の長男於菟《おと》は生まれて間もなく鷗外が離婚したこともあって数年間平野家で養育された。つまり萬里と於菟は乳兄弟だった。『平野萬里全歌集』の年譜明治二十三年には「この年末、母たかが森鷗外長男於菟を里子として預かった関係で森家へ出入りすること多く、その後長く家族の準員として遇された」とある。寛を鷗外に繋げたのも萬里だから「許されて我と萬里と」が部屋に通されたのもごく自然な扱いだった。以下、単独作品集とはならなかった後期作品を少し読んでみたい。

①引きずりて父の前をば行けるより桃色も好し末の子の帯　「折折の歌」大一四から昭元
②世に在りて寂しく笑みし啄木を更に寂しく石として見る　「北遊詠草」昭六
③いち早く疑はずして自らをよしと恃みし子規の大きさ　「愁人雑詠」昭和六〜七
④天地とひとしきことを思ふ身は梅の咲くをも我が咲くと見る　「南枝抄」昭八

⑤歸り來て子の恭《うやうや》し老いの身は內に涙す斯かる事にも

「老癡集」昭九

⑥子の一人醉ひて夜明に歸り來ぬいといとよろし若き盛りは

「早春詠草」昭一〇

①の末の子は大正八年に生まれた六女の藤子さんだろう。帯を引きずる幼さが微笑ましく、それを見守る父親の幸福そうな眼差しもよく伝わってくる。②は函館の立待岬にある啄木一族の墓。下の句は啄木への追懐の深さと表現の巧みさが一つになって、ああ寛はやはりすばらしい、と感嘆させられる。③は子規の特徴を端的に捉えている。④は斎藤茂吉風に言うと自然自己一元の生ということになるが、一点の花を世界に広げながらの命の肯定が柔らかく詠われていて、こうした自在な表現も寛の特徴の一つである。⑤と⑥は深まる老いの中で見つめる若さの頼もしさ。それをごく卑近な日常茶飯の場面を通して詠うから共感が広がる。

このように一首一首に立ち止まり、鑑賞してゆくと、與謝野寛は表現の筋力がとても柔らかい歌人だということがわかる。その筋力が主題の大きさと細やかさを支えて独特の世界を紡ぎ続けたのである。そうした寛の特色が生きた一首を思い出しておきたい。

いにしへも斯《か》かりき心いたむとき大白鳥《おほしらとり》となりて空行く

『相聞』

歌人與謝野寛を評価し直すこと。それは近代百年の蓄積を正しく踏まえるために私たちに課せられた宿題でもある。本書はその作業に欠かすことのできないテキストである。

與謝野寛の全体像を一冊にして下さった平野千里氏に心から感謝の気持ちを伝えたい。

＊目次

序　文　　　　　　　　　　　　　　三枝昂之　　3

萬葉廬詠草抄　一八九二年（明治二五年）まで　23

東西南北　一八九六年（明治二九年）刊　29

天地玄黄　一八九七年（明治三〇年）刊　32

鐵幹子　一九〇一年（明治三四年）刊　34

紫　一九〇一年（明治三四年）刊　35

埋木　一九〇二年（明治三五年）刊　39

毒草　一九〇四年（明治三七年）刊　40

相聞　　　　　一九一〇年（明治四三年）刊　41

櫛之葉　　　　一九一〇年（明治四三年）刊　68

鴉と雨　　　　一九一五年（大正四年）刊　69

爐上の雪　　　一九一二年（大正元年）〜一九三〇年（昭和五年）　96

山泉海景　　　一九二一年（大正一〇年）〜一九二二年（大正一一年）　110

涕涙行　　　　一九二二年（大正一一年）　115

四萬浴泉　　　一九二二年（大正一一年）　120

半面像　　　　一九二二年（大正一一年）　125

熱海の二夜　　一九二三年（大正一二年）　128

嶽影湖光　　　一九二三年（大正一二年）　131

石榴集　　　　一九二三年（大正一二年）　143

南信の雪　　　　　一九二四年（大正一三年）　　　　　　　　　　147

越佐遊草　　　　　一九二四年（大正一三年）　　　　　　　　　　153

青根と松島　　　　一九二四年（大正一三年）　　　　　　　　　　163

石山より宇治へ　　一九二四年（大正一三年）　　　　　　　　　　166

諏訪冬景　　　　　一九二五年（大正一四年）　　　　　　　　　　169

折折の歌　　　　　一九二五年（大正一四年）～一九二六年（昭和元年）172

旅景雑詠　　　　　一九二五年（大正一四年）～一九二七年（昭和二年）176

滿蒙遊草　　　　　一九二八年（昭和三年）　　　　　　　　　　182

霧島の歌　　　　　一九二九年（昭和四年）　　　　　　　　　　191

沙上の草　　　　　一九三〇年（昭和五年）　　　　　　　　　　196

山陰遊草　　　　　一九三〇年（昭和五年）　　　　　　　　　　202

北陸の雪　一九三一年（昭和六年）　205
鎌倉詠草　一九三一年（昭和六年）　209
北遊詠草　一九三一年（昭和六年）　211
近畿遊草　一九三一年（昭和六年）　216
山溪雜詠　一九三一年（昭和六年）　219
豐前豐後の秋　一九三一年（昭和六年）　222
四國の旅　一九三一年（昭和六年）　225
伊豆の春　一九三二年（昭和七年）　227
殘花抄　一九三二年（昭和七年）　230
西海遊草　一九三二年（昭和七年）　233
洛外遊草　一九三二年（昭和七年）　238

愁人雜詠　一九三一年（昭和六年）～一九三二年（昭和七年）　241
春遊敍景　一九三三年（昭和八年）　255
南枝抄　一九三三年（昭和八年）　259
備前紀行　一九三三年（昭和八年）　263
山上の氣　一九三三年（昭和八年）　265
秋景雜詠　一九三三年（昭和八年）　268
茅花抄　一九三三年（昭和八年）　271
山より磯へ　一九三四年（昭和九年）　275
山山の夏　一九三四年（昭和九年）　278
老癡集　一九三四年（昭和九年）　281
峽谷の秋　一九三四年（昭和九年）　286

人名メモ　297

あとがき　　　平野千里　299

索引　311

装本・倉本　修

與謝野寛短歌選集

平野萬里編

凡例

一、本書に収めた二千首を編年体にまとめて、表題を付した。

一、そのうち、底本の『與謝野寛短歌全集』に「萬葉廬詠草抄」、「東西南北より」、「天地玄黄より」、「鐵幹子より」、「紫より」、「毒草より」、「相聞」、「檞之葉より」、「鴉と雨より」、「爐上の雪」、「滿蒙遊草」、「霧島の歌」の表題で発表された作品は、それぞれ「萬葉廬詠草抄」、「東西南北」、「天地玄黄」、「鐵幹子」、「紫」、「埋木」、「毒草」、「相聞」、「檞之葉」、「鴉と雨」、「爐上の雪」、「滿蒙遊草」、「霧島の歌」の表題に収めた。

一、雑誌（第二期「明星」および「冬柏」）あるいは底本の『與謝野寛遺稿歌集』に発表された作品も原則として同様に編集したが、ほぼ同年代に発表された複数の作品群を一群にまとめた場合も多い。その表題には原則として関係する表題のいずれかを選んだが、新たな表題を付した場合もある。

一、表題にはそれぞれ発表された年号を付記し、年代順に配列した。ただし昭和五年刊行の歌集『滿蒙遊記』から採られた「滿蒙遊草」については、『與謝野寛短歌全集』での扱いに倣って、実際に旅行した昭和三年の作品として配列した。

一、作品で使われている漢字は、明らかな誤字誤用を除いて底本に使われた字体とし、仮名遣い、送り仮名も原則として原作に従った。

萬葉廬詠草抄

一八九二年（明治二五年）まで

鳴く鹿も山をとよもす人にして國内《くぬち》とよもす秋無からめや

寛《ひろし》らとともにいませど眉秀で額《ぬか》に光あり目に附く聖《ひじり》

（天田愚庵師に）

み佛を背向《そが》ひになして鶯を春日さし入る板敷に聴く

天つ日の光のもとに簀菰《すごも》敷き白き大根《おほね》を切干に切る

岩橋をこほろ、こほろに渡りきぬ川べの家の友の知るがね

鍋かけて我が煮る芋《うも》ゆ湯氣立てばあかがりの手を上にかざすも

斧とりて木を割る時し出で來つる蜈蚣《むかで》を斬りつ斬らんと思へや

訪ふ毎《ごと》に我が友は無し冬の夜の狐の聲の來《こ》と云ふばかり

眞晝すら比叡が嶺《ね》おろし肌に沁みわななきながら物讀む我れは

誰の子か身を忘れたる衰へて父しいませば仕へまつらな

子らがためかもかもせんと思《おぼ》せども貧しき母は由《よし》もあらなく

吾《あ》を如何に思《おぼ》せか父は雪の日も木これ芋《うも》ほれ風呂たけと告《の》る

たらちねは手もて隱くせど著《け》せるきぬ膝のほどろの裂けて見えずや

悔《くや》しけど川に菜あらふ我《あ》がまへを知事の若子は馬よりぞ行く

春日《はるひ》すら父に嘖《ころ》ばえ黙《もだ》をれば母なぐさめて餅食はせます

加茂川にかたゐと語る孔のある錢ふたつあたへかたゐと語る

屋《や》のうへに霜か置くらん藁を打つ我が槌のおと冴えまさるかも

ひときれの堅きもちひをあかがりの手に取りもちて歌をしぞ思ふ

うも畑の高きうもの葉おく露のしろき朝けに米《よね》とぐ我れは

豆がらを積みて焚火すそのけぶり松を通れば枝の雪ちる

ま清水に豆腐を切りて入れつれば夕食《ゆふげ》の鉢にしら玉しづく

つづれ著て竈焚きますたらちねの朝けのすがた見れば悲しも

世の中に入らまく家を出でよちふ母のみことば其れに依りなん

金鍋《かななべ》に湯わかせ我弟《わおと》ますら男の襦袢《じゅばん》にいます神に浴《あ》むさん

な燒きそと里のうなゐを叱れども原の枯草わが燒けばたぬし

米《よね》のしろ三月拂はぬわぎへすら春日さしますす食はずともよし

壁崩《く》えて未だ塗らねば風の共《むた》かりがね落ち來《く》枕のあたり

盜人《ぬすびと》の來べき宵なり明くるまで書讀《ふみ》みがてり我れは守らな

浪速江の何は云はでも身をつくし仕へんものぞ大君のへに

父も吸ひ母も愛でます煙草ぞと云ひて吸ひけりしぬびしぬびに

生れしは法師の家ぞ太刀は無し太刀に勝たまく筆執る我れは

山の井に我が汲む吊瓶《つるべ》おのもおのも月を浮べて上《のぼ》り來るかも

柴原《ふしはら》に太兵衞穽《わな》かく闇なれば狸の妹瑨《いもせ》よけて通らせ

たらちねは大車前草《おほばこ》の葉に油塗り焼きて貼らしつ肩しこる時

霹靂神《はたたかみ》愛宕の嶺《ね》ろゆ下ろし來て比叡のふもとの木裂く岩裂く

繪を知らぬ我れすら容易《やす》く繪に描《か》くは法師の持《も》たるくろがねの鉢

まのあたり父に申すは恐懼《かしこ》きろ離《さか》りて文に書く日あらぬか

垂氷《つらら》して溪に眞白き水ぐるま今日もゆるがず日を弱みかも

衣裁《きぬた》たば裕《ゆた》かに裁てと聞きしかば裕かに裁てど身に合はず未《いま》だ

佞人《ねぢけびと》ちゐさきら持たり頑狂者《くなたぶれ》手力《たぢから》を持たり吾《あ》は何も無し

眞夜中に油火《あぶらび》消えつ蓋《けだ》しくも父の歌聞く鬼の角《つぬ》か觸る

あが歌へば言《こと》多く餘りあが坐《すわ》れば足横に出でつうべも父の叱る

河の洲に子らと踊りぬ家は遠し獨り歸らや月落ちぬ時《と》に

事毎に「ない」とあど打つ八木人にほとほと我れぞ腹抱へつる

蹴爪《けづめ》上げて犬すら追ひし我が鷄《かけ》のこのごろ腰の立たなくに哀れ

垂髫兒《うなゐご》に我れ未だあればいにしへの大き聖《ひじり》ら負ひて通らせ

世のなかの此面《このも》彼面《かのも》に物問はじ然かせば終《つひ》に我れ無からかん

東西南北　一八九六年（明治二九年）刊

からからと笑ふも世には憚りぬ泣きなば如何に人の咎めん

雲はみな浮世に出でて山里に殘るは月と我れとなりけり

口あきて唯笑はばや我がどちの泣きて甲斐ある此世ならねば

みやび男の名だに恥ぢしを歌よみて世に誇る身といつなりにけん

姫君の琴の音やみて高殿は花の吹雪となりにけるかな

わが駒もひと聲なきぬ高嶺より櫻ふきまく山おろしの風

夕月夜野を分けゆけば葛の葉の高きあたりに松蟲の啼く

いざさらば今は怨みの火《ほ》むらもて世をも人をも燒くよしもがな

山高し河おと清し船受けて我が思ふ方に今日も釣らばや

風寒しころもは薄し旅にして今年の秋も暮れんとすらん

世の人の春の眠をおどろかすあらしもがなと思ふ頃かな

高どのは柳のするゑにほの見えてけぶりに似たる春雨ぞ降る

わりなしや人の親さへさそひけん梅ちりがたの春の夕かぜ

いたづらに我れは死なじと誰れも云へど名も無き墓の多くこそあれ

吹く風を恨む色なく散りにけり花の心は我れも及ばず

いざ行きてそこに住まばや山かげの松のあらしは人を譏《そし》らず

あらし吹く那須の大野を行く汽車におくれ先立つ夕立の雨

ますら男の行くべき道にまどはねば心のこらぬ有明の月

松千株《せんしゅ》雨かと聴けば月さえて沖のはなれ嶋ただ八重の浪

（以下朝鮮にて）

韓《から》にして如何でか死なん我れ死なばをのこの歌ぞまた廢《すた》れなん

せめて唯だ酒をかぶりてぬる間だに涙あらせじと思ふばかりぞ

船呼べば韓兒《からこ》おうとぞいらへける人の憂き瀬は如何が渡らん

夜の明くる待ちて山路は越えよかし今宵はいたく虎の吼ゆるに

やよ韓兒はやも驢馬追へ日は暮れて夜霧は立ちぬ野にも河にも

秋かぜに驢馬なく聲も寂しきを夕《ゆふべ》は雨となりにけるかな

天地玄黄　一八九七年（明治三〇年）刊

人は唯あはれと笑みて止みぬとも云はであるべきことならなくに

たらちねは耳しひてこそいましけれ高く喚びてよ西のみ佛

（母の訃に）

たらちねを山に送りてその山に物思ひをれば秋の風ふく

書きさして止《とど》めたまへる次の句を幾世待ちてかまたも聞くべき

磯松のこずゑに阿波の海見えて船一つ行く秋霧のうへ

桐の葉の一つ散り浮く山の井に月の影汲む朝ぼらけかな

はらからもたまたま我れを疑ひぬ世に問はれぬもことわりにして

わが駒のたつがみ亂る朝風を白しと見ればつらら下がれり
（朝鮮にて）

鼎をもあぐべき力ありながら執る筆のみは重くもあるかな

死出の山おなじ方にて逢ひまさば路をしへてよ母は老いたり
（小田敬信師の訃に）

おほかたの筆とる人にならはねばへつらふわざも知らぬ我れかな

鐵幹子　一九〇一年（明治三四年）

君見れば戀しさまさる筆とれば物ぞ書かるる秋の初風

我歌の絃《いと》にのらぬをいぶかりぬ紅き釵《かざし》の花の如き人

クヤオの村われと幾世のえにしありて此の夕風の身には沁むらん

（朝鮮にて三首）

夕月に船つなぎをれば雁啼きてたけ一丈の葦の花ちる

我が立てる姿も寂し秋草に入日うすれて雨降らんとす

青海《あをうみ》に春日かぎろひ繪の如き高松の城桃の花さく

山の井に瘦せし我が頰をうつしてはあさまし人を猶恨みける

父と云へばなほ人の世の別れなりまた逢ひ難き佛とぞ思ふ
（父の臨終に）

驚かす君いかづちの聲し無くば心の岩よいつか眼をあかん
（峨山禪師に參じて）

紫　一九〇一年（明治三四年）刊

なさけ過ぎて戀みなもろく才あまりて歌みな奇なり我れをあはれめ

雲を見ず生駒葛城ただ靑きこの日何とて人を詛はん

おばしまに柳しづれて雨細し酔ひたる人と京の山見る

人の子の名ある歌のみ墨引かで集《しふ》にせばやと思ふ秋かな

くれなゐにそのくれなゐを問ふ如くおろかや我れの戀を咎むる

琴のあたりしら菊ひと枝生けて見れば侘しくもあらず我が四疊半

羅漢寺の十六羅漢なき親におもざし似たる羅漢名は何

池古りて浮草きよしひとり身の鵞鳥飼はまくここに家せん

をとめ子の如何にしてまし賜りて立てば地に曳くしら菊の花

やまと歌にさきはひたまへ西の空ひがしの空の八百よろづの神

人なみに住まん願ひは斷ちしかどあないたいたし君が手のひび

御籤《みくじ》ひけば二十一吉《きつ》とあらはれぬ神も知らじな我が思ふ人

花賣のをぐるま涼し朝靄にあやめひとくるま載せて門《かど》行く

友ひとり捨てん惜しさに慚ぢよとて打ちし拳《こぶし》を人とかく云ふ

松かぜに人の名呼ぶは憚らずきのふは高師《たかし》けふは須磨の浦

驢に乘れば驢は疲れたりかち行けば足に血流る石山にして
（朝鮮にて）

松風のさびしきかげに山鳩の來ては霜踏むおくつき所
（父母の墓にて）

もみぢ葉の濃きひと枝を折りかざし照してぞ見る山の井の水

霜さそふあらしの末に山畑の豆がら鳴りてこの日も暮れぬ

心にもあらで別れしますら男の戀しくもあるか春の鳥なく

そのむかし泣くなと我れを諫めけん泣かでや君は墓の下なり
（藤枝慧眼師の忌に）

夕潮に磯の松が根あとも無しいづこぞ君とふたり立ちたる

戀の子はいさめの前に耳しひぬ拾ひたまふな人まもる神

今過ぎし小靴《をくつ》の音も何となく身に沁む夜なり梅が香ぞする

埋　木　一九〇二年（明治三五年）刊

おのづから愁はきたる如何が追はん鶯啼くも懶《もの》うと聴く日

鍋洗ふと君いたましや井ぞ遠き戸は山吹の黄を流す雨

手さぐりに探りはしつれ闇なればあやにく是れも石かとぞ思ふ

地に伏して道心今ぞ頻りなる猛者《もさ》の此子に魔障あらすな

えにしありて十とせ御弟子《みでし》の末にまじる我れ拙《つたな》きも勉めざらめや（萩の家先生に）

我れと我が縊れて死なん思ひのみ善き友のごと訪ひも來るかな

毒草　一九〇四年（明治三七年）刊

かがやかに我が行く方も戀ふる子のある方も指せ黄金向日葵《こがねひぐるま》

新しき師がおん歌のさま得んと近くさもらふ通夜《つや》ならぬかな

（萩の家先生を悼みて二首）

ま白羽《しらは》の八ひろ鳥船《とりぶね》光さし大き御魂《みたま》は今か天《あめ》飛ぶ

いにしへに怖れ同時に憚るとただに在る身の後《のち》思はんや

瀬の音や火桶かこめる七人に山は夜となり霧うかびきぬ

こほろぎや四十二にしてはてませる師がおん墓の夕ぐれの路

相聞

一九一〇年（明治四三年）刊

大空の塵とは如何が思ふべき熱き涙のながるるものを

大名牟遅少那彦名《おほなむちすくなひこな》のいにしへもすぐれて善きは人嫉みけり

二荒山山火事あとの立枯の白木《しらき》の林うぐひすの啼く

ころべ、ころべ、ころべとぞ鳴る天草の古《ふ》りたる海の傷ましきかな

三十を二つ越せども何ごとも手には附かずて物思ひする

山と云へばいとけなき日のおもひでに櫻島見ゆ高千穂も見ゆ

いにしへも斯《か》かりき心いたむとき大白鳥《おほしらとり》となりて空行く

しらしらと老いのしら髮ぞ流れたる落葉の中のたそがれの川

作者なるMAUPASSANT《マウパッサン》の發狂に思ひいたりて手の本を閉づ

わがなみだ野分の中にひるがへる萱草《くわんざう》の葉のしづくの如し

冬の日の窓の明りに亡き母が足袋をつくろふ横姿見ゆ

騂馬《はねうま》をいしくも乘りぬ頬を見れば南部の野なる日の色にして

かたはらの瓦の硯もの云ひぬ主人《あるじ》よ少し疲れたるかと

君と云ふ禁斷の實を食みしより住む方も無く人に憎まる

三五人樓を下りて沙の月雪に似たるを踏みつつ歸る

わが馬の薊の葉をばこころよく食む傍らにこの文を書く

こはゐぐき石芋なれど蔓伸びぬ花しぬ爾等《なぢら》われを知らんや

青立ちし蓬は刈るな朝の雨ゆふべのしづく白く置く見ん

觸れがたくこちたき枝に木瓜《ぼけ》の花こぼるるばかり赤き花さく

疣《いぼ》ありて蝦蟇《がま》のすがたをいつはらず我れ珍重す流俗《りうぞく》の歌

占ひて云ふその少女夢おほく今見てあればたのむ甲斐無し

わが戀は荒木の小船《をふね》ましぐらに暗がりの夜の洪水《おほみづ》に乘る

百合の根に赤き雉臥すよしえやし人は見るとも君が傍ら
大地《おほつち》を踏臺として戀人《わぎもこ》の白玉の身を樂しくささぐ
子の四人《よたり》そのなかに寢《ぬ》る我妻の細れる姿あはれとぞ思ふ
十字の木われ先づ負ひて世人《よひと》みな殺さんと云ふ市中《いちなか》を行く
海底《うなぞこ》の沙になびける昆布の芽飢ゑて嚙まんと鱶の子ら來る
赤膚《あかはだ》に流れ矢してか血の滴ると松の脂《やに》見て山越すわれは
秋の雨金沙《きんしや》ながすや玉生むや霽《は》れて入日に路の香りぬ
黑髮をしら梅の香と聞きたりしその閨おもふ白梅の花

慰まず一《いち》のをみなを賭けたりし歌留多は我れの勝となれども

蟷螂《かまきり》は嗔《いか》りに疲る尺蠖《おぎろ》麻呂《まろ》地をいくばくも尺とらぬ間に

いかにして君をはげしく嗔《いか》らせん慣れたる戀の眠げなるかな

笛きこゆ別れし人の泣くごとし笛の音きこゆ泣く聲きこゆ

良辨《りようべん》を巣にもて往きし大鷲の裔《すゑ》とも見えず鳥屋《とや》に繫がる

雲のごと君が空より我れ捲きぬ香油を塗れる黒髪の夢

おのづから大氣の童惡行の名すらも知らずまして怖れず

大いなる酒の甕《もたひ》を座にするゐぬ我が醉ひ死なば入れて葬れ

兄ありき檜林をすぢかひに馳せて歸らずなりにけるかな

湯は酒を焼かんと閲《せめ》ぐしら鳥のうなじの瓶《かめ》は浮きて歎きぬ

川端のわが高き家ゆふされば遊びの街の火の明り見ゆ

婆羅門ら指さし云ひぬかのひじり衣《きぬ》裂けたれど光明に滿つ

かの基督その右の頬を吸はせよと云ふことをなど忘れたりけん

京の北掛樋《かけひ》しろくも垂氷《たるひ》してたたけば山にこだまする家

古歌のきよき調べを次ぐごとく昔の戀にまた逢へるかな

うらがるる犬蓼原《いぬたではら》の血のごとき入日の中に穴鼬《あないたち》啼く

たはれをの空《あだ》なる言をそしれども空《あだ》なる言を能くすや彼等

大雨の昨夜《よべ》のなごりの風ふきぬ都大路の青柳の枝

くるしきは穀を斷つより寝ねぬより君に一日文書かぬこと

くらがりに君が素足の小さきを怪我に踏むこそ艶《なま》めかしけれ

わたつみの魚のごとくに眞白なる肌よこたへて罌粟《けし》を嗅ぐ人

信濃路や淺間の嶽《たけ》の爐を出でてけぶりの上を朝わたる月

津の國の御影の石を切りならし我師の御名《みな》をあらはし申す
（以下師の五年祭に）

世のこころ我れを離《さか》るも我れひとり師に背かぬを慰めとする

初めより我れ萩の家の御門《みかど》守り仕へてありき後《のち》も仕へん

日の出づる東の國の古ごころ師のみをしへに少し知り得つ

雪の夜に蒲團も無くて寢《ぬ》る我れを粗《あら》き窓より師の見ましけん

うれしくも萬葉に次ぐ新歌《にひうた》を師の御名《みな》により世に布《し》けるかな

萩の家を蔑《な》みせし人の額骨《ひたひぼね》ひしぎ踏ままく世に生く我れは

それもはた我れを教へていみじかり短くましし大人《うし》の御命《みいのち》

かにかくに我がよきことを數へたる御文《みふみ》出できぬ師の文篋《ふばこ》より

世ひと皆われを殺すを救ふ人萩の家の大人ひとりいましき

かの寛《ひろし》に年越す錢を與へよと師はいまはにものたまひしかな

兩臂《もろひぢ》を疊につきて口ずさむ姿ばかりを師にぞ學べる

（以上）

黑瞳《くろめ》がち上目するとき更に好しその子よろこび抱きて我れ寢つ

身に沁みて物言ふ人よかく思ひ幾日かありしただ中ひと日

人を見て狐に似たる犬吠えぬ河原の洲なる皮剝《かわはぎ》の家

杜四つ葛布《くずふ》しきたる屋の内に佛いましぬ錢たてまつる

井のもとの水引草も石菖《せきしやう》もよろこぶ如く白き露おく

わが心の遊ぶに似たる輕石を伊豆の海邊に拾ひて遊ぶ

名は呼ばめ刺《とげ》さす木とも臭木《くさき》とも花あることを人よ忘るな

われ置きて二妻《ふたづま》とるや男云ふ柳に懸けし琴をまた彈く

この少女虜《とりこ》となれる眞似をして眞裸となりかたはらに寝ぬ

ふさやかに緋の帯負へる子と行きぬ祭見る日の下加茂の橋

馬の食ふ豆もて飼はれうつくしき天くだり人痩せにけるかな

わがこころ一期《ご》病す虚無の海かなしや遠く白鳥《しらとり》の啼く

後遂《のちと》げん願はあれど年たけて我があるゆゑか目のうるむのみ

うなじより血汐ながるる大牛《おおうし》のいまはの如くわが心吼ゆ

ゐならぶは誰れ誰れわかき紅襯衣《あかしやつ》の作者肥えたる京の琴彈者《ことひき》
（座に葵山、皷村あり）

わかき人手とりて過ぎし石だたみかげろふ立ちてべに椿ちる

屠兒《ゐとり》きてまだらの牛の皮ほしぬ出水《でみづ》の後《のち》の秋草のうへ

山風の欲しがる歌を押へたり黃金の蝶の銜へる小櫛《をぐし》に

めらめらと薄き都は崩《く》えなんず大獅子吼《く》して汽車街に入る

海遠くうねれり世なる是非《よしあし》も芥ながるとだに思はなく

浪怒り牙嚙《きか》みぬ岩は矛を立つ惡しく踏みなば鬼にとられん

わかうどはかりそめごとのやうにして中にも言ひぬ身に沁むふしを

大學の施療の室に掛かりたる我れの名ばかり清きもの無し
五人《いつたり》の子らが冬著に縫い直しさもあらばあれ親は著ずとも
妻のまたかたちづくらずなりたるを四十に近きその夫子《せこ》の泣く
與謝郡溫江《あつえ》の村に鍬とりて世の嗤ひより逃れはてんか
その父はうち打擲《ちょうちゃく》すその母は別れんと云ふあはれなる兒等
芭蕉葉のそりくつがへる下風《したかぜ》に肩ぬぎて打つ赤き燒鐵《やきがね》
大いなる我れの姿のあめつちも泣く日のありて秋の來れる
光《ひかる》、七瀨《ななせ》、秀《しげる》、八峰《やつを》といりまじり我が幼な兒の手をつなぐ遊び

藁打ちて牛の藁靴十あまり七つ作れば霜しろく置く

わが心なぐさめかねて加具都智《かぐつち》の荒《あら》ぶを見んと火の國にきぬ

（以下阿蘇にて）

家妻《いへづま》は夢にか聞かんおとろへて硫黄の谷に呻く我が聲

阿蘇平風なき晝も御空《みそら》より薄《すすき》を壓《お》して白き灰降る

よろづ代の燒石みだれ天《あま》そそる阿蘇の御山に湯のたぎち落つ

ここにして人の文字無し阿蘇の山ただちに火もて大空に書く

阿蘇ゆけば悲しき愛《を》しき人の世も我が全身に汗して忘る

阿蘇の山けぶり涌き立ち止む間なく東の空のしら雲となる

黑けぶり眞直《ますぐ》に揚がりそのもとにとどろと鳴りぬ大阿蘇の山

かりそめに阿蘇の火となり我れとなりひとしき心相見て笑ふ

沈む日が鐵澁《かなしぶ》色にむらさきす燒けて灰ふる荒山くれば

（以上）

川隈の高萱なびき三つ二つ見えて兒等ゆくくれなゐの帽

前垂に米《よね》買ふ母の哀れなる姿まじりぬふるさとの夢

くらがりの土の香に飽き天日《てんじつ》をはた見て死にぬ賢し土鼠《もぐら》

だしぬけに卓子《ていぶる》越しに吸ひたれば棚に驅せ上がりつき立ちぬ猫

わがどちは則《のり》なきことを則として世の笑ふ日に聲あげて泣く

水色の鎌倉山の秋かぜに銀杏ちり敷く石のきざはし

君戀ふる心は直しこれをもてわが生涯のあかしにぞする

怒るときあれ崑崙《こんろん》も一撃に裂かんと上ぐる大象の鼻

瞳《ひとみ》もて瞳を打つはいなづまの空打つひまも要せざるかな

ひと張《はり》の琴かき鳴らし中人《なかうど》も無くてめとりしあはれ我妻

若き日はすくなくありけりこのひまに遊び足はす事はかりせよ

ちち、ちちと鉦叩蟲鉦たたく山のくづれにちち、ちちと叩く

われ一つ石を投ぐれば十《とを》の谷百の洞《ほら》あり鳴り出でにけり

薄月夜花のもとにも水際《みぎは》にも棄てし女のかげ伏して泣く

いちじるし初戀の日のあまかりしときめきよりも老いのおどろき

ひとむれの御達《ごたち》の車ゆくあとに轢《ひ》きへされたるひまはりの花

かよわなる一線をもておふけなく千古の前と後《のち》とを繋ぐ

大いなるいのちのなかにあることの證《あかし》に咲きぬ白百合の花

橙子《だいだい》と赤き醋甕《すがめ》と干鱈《ほしだら》に蠟《ろう》の火射すを嗅ぎて眠りぬ

人皆にかかはりあるか我がすなる戀と歌とをいたく罵る

夜の辻の燒栗の香に咽《む》せ返りよろぼひて行く空車《からぐるま》かな

大濱の五町がほどを黒くして網干すうへの有明の月

わが和尚寒き瓦にわれ居させ牛のやうなる太き舌吐く
（峨山師を憶ふ）

君なきか若狹の登美子しら玉のあたら君さへ碎けはつるか
（以下山川登美子を哭す）

しろ百合の花は碎けつ言《こと》にこそ百合とは云はめあたら清《すが》し女《め》

若狹路の春の夕ぐれ風吹けばにほへる君も花のごと散る

わが爲に路ぎよめせし少女《をとめ》たち一人は在りて一人天翔《あまがけ》る

十《と》とせこそ下に泣きけれ天飛《あま》ぶや歸らぬ君を聲あげて泣く

君が上《うへ》を我が云ふことはせつなかりおほかたに讃めおほかたに泣く

うらわかき君が盛りを見つる我れ我が若き日の果てを見し君

その人は我等が前に投げられし白熱の火の塊《かたまり》なりき

わが心すずろに亂る天つ風吹けるあたりに君や袖振る

この君を弔ふことはみづからを弔ふことか濡れて歎かる

口疾《くちど》にも胸刺す歌のはげしさに人驚かす君なりしかな

（以上）

さかしまにもゆる火中《ほなか》を落ちながら互《かた》みに抱きてくちづけぞする

小石川原町の火事をかしくもニコライ堂のしら壁に照る

かりそめに安藝へ下ると云ひしかど別れて蒼梧《さうご》歌なきは何ぞ

（大井一郎に）

くき赤きゆづり葉うづめたわたわとゆたかに降れる山のしら雪

一人臥し里居しぬれば月の夜に嗅ぎて眠りぬ青蓬《あをよもぎ》など

外濠の土手を直せる人足の中に明日《あした》の我が姿見ゆ

千とせ居て厭《あ》かぬ君とは思へども養ひ難きもの嫉みかな

狭丹《さに》づらふこの美くしき少年をしら帆張りたる大船《おほふね》におく
（武富榮一に）

横柄に鏡の前に跨《また》げどもとらはれてあり下剃《したぞり》の手に

戀せぬ日わが聞きしとはことなりぬ彌生の空の知恩院の鐘

春の日の音戸《おんど》の狭門《せと》にうつりたる赤土山の菜の花の色

桃が散る連翹《れんげう》が散るまして人わかき二十《はたち》は静こころ無し

爭へる人も無かりき唯だ少し後憂言《しりうごと》してひそめきしのみ

君が家山のやうにも松立ちて訪《おとな》ふ人に鐘を打たしむ

マンドリンかろく彈《たん》じて歌ふらくこのつかのまの面白きかな

十歩に百合五歩になでしこほのぼのと青霧たちぬ赤城のふもと

（以下赤城山にて）

この五日《いつか》劫初《ごふしよ》の山の火のあとに我れうらぶれて物おもひゐぬ

ふる山の秋のしづくに髪そぼち倚りて我れ泣くしら樺の木に

いただきの小沼《こぬ》に霧降りしら樺の枯れたるなかに鶯の啼く

星ひかり萬木《ばんもく》ふるふ山のかぜ牧《まき》の馬みな翅生《はねお》ひぬべし

いきどほり、詛ひ、なげきも忘れはて山のしづくに心そぼちぬ

山の日は中空《なかぞら》にして瞑《く》冥《ら》がりぬ劫風《ごうふう》石と雨を吹き來る

牛の腹波たぶたぶと千匹を溺《おぼ》らすけしき夜の沼の雨

（以上）

なにか減りなにかは增さんあめつちは生死《いきしに》をもて常に新し

五歳《いつつ》にて早く知りしはみじめにも我が父母に錢の無きこと

うまれつき我れはあなどる父母をものの教をましてふるさと

炊事場の溝にあつまり尻ふりて家鴨《あひる》なくなり夕燒のもと

浅草の御堂の屋根の北がわに白く残れりきさらぎの雪

この辛《から》き手《て》酒《しゅ》の酴《と》醾《び》醪《ろく》人飲まず飲まずもよしや我れの醉へれば

雁を聴く雁の羽音も近く聴く河邊の畑に黍を守れば

われは行く家移《やうつ》りの荷のうしろより廣目屋の子の喇叭の前を

あはれなる小鳥の胸よわたつみの青き歎きに脈搏《う》ちて啼く

かづらして舞はざる世こそ寂しけれ奈良の御寺の青柳の枝

わが家の八歳《やつ》の太郎が父を見て描《か》ける似顔は泣顔をする

ふるさとの圓山に來ておもふこと長閑《のどか》なるかな春の夕暮

錯覺はおもしろきかな鋼鐵の機關のなかにきりぎりす啼く

なにごとを思へる蟬ぞ啼くことの半ばならぬに早く飛び去る

鶸茶《ひわちゃ》いろと銀の連彈《つれびき》アカシヤの竝木と河岸の水の連彈《つれびき》

初秋の比《ひ》伊《い》の岬の船に見るみづ色の空しろき燈臺

筑紫なる沙丘の上に啼きかはす白き月夜の天つかりがね

筑前のドン・タクの日にあらねども時に我がする物乞の眞似

大橋にさしかかるとき帆柱を倒す爲掛《しかけ》の船も來るかな

横濱をうしろにしたる遠淺の屛風が浦の灰色の水

一大事國の無得《むとく》をわすれ居き三月《みつき》半とし歌よまぬ我れ

人は皆墓の動けるここちして宵の灯しろき大通りかな

やはらかき燕の腹をすべり來て早苗を歩む青きそよかぜ

ぞんざいに荒き言葉を鑢とし倦める心をがりがりと磨《す》る

あまたある觀音扉《くわんのんびらき》きさと鳴る西六條の初秋のかぜ

紫の縁《へり》とる白き花見れば戀ならねども人若くなる

垣ごしに桐の木立てる古き園たんぽぽの穗の白けたるかな

呼びかはし長崎へ行く西瓜船天草灘のしろき有明《ありあけ》

花の香のうかぶが如く沁みとほるまたいたましき物のあこがれ

家刀自《いへとじ》に盗人のごと追はれたる憂き歸り路の春の夜の月

路に遇ふしろき葬列しらぬ人われに代りて死ぬかとぞ思ふ

わが家の五歲の次郎ふくろふの目つき大らかに言葉すくなし

わが次郎あぐらを組めば斧を持つ人形のごとひざぼしの出づ

夜おそく起きて暖爐に炭つぎぬ君によからじ石屋根の雪

竹筏あをきが上にさくら散り油のごとし嵯峨の春雨

長崎の盆の供養に行きあひぬ一つ流さん紅き燈籠

かなしきは薙刀とりて團藏が知盛となるわかき足取《あしどり》

繪圖の水暮れて涼しく乗る船に月のしづくす友の把《と》る棹

水前寺すずしき池を見る我れの心にあるは既に初秋

流俗《りうぞく》を憎む病のきざすとき藥に嗅ぎぬくちなしの花

寺の裏ふるき墓ある塀ごしに黄なる花さく棕櫚の一列

くちをしく物見車は我れに無し乗すべき和泉式部はあれど

ましろなる接吻臺の蠟燭を見上げし目もて見たる青空

人足の戸板に乗りて岩崎の門より外《ほか》に捨てらるる雪

神無月伊藤哈爾賓《はるぴん》に狙撃さるこの電報の聞きのよろしき
（以下伊藤博文を悼む）

靈《れい》をもて戰ふことを君早く教へんとして詛はれしかな

あはれなる隣の國のもの知らぬ下手人をのみいたく咎むな

伊藤をば惜しと思はば戰ひを我等のごとく皆嫌へ人

君歸るはやとものの浦紀州灘十月の日の霜ぐもりかな

いくさぶね君が柩《ひつぎ》を載せて入る東京灣の秋の日の色

人誰か王臣ならぬ然れども博文《ひろふみ》のごと仕へしは稀れ

上卿《じょうけい》の老いたるはみな錢を愛づひとり伊藤はみづからを愛づ

な憂ひそ君を繼ぐべき新人はまた微賤《びせん》より起らんとする

檞之葉　一九一〇年（明治四三年）刊

うなだれし我が横顔に沙を打つ二月の風も浮世なるかな

粉煙草《こたばこ》をきせるにつめて思ふことダンテに隣り盜跖《たうせき》につづく

わが兒啼く生れて二日《ふつか》その親を食らはんと啼く殺さんと啼く

病める子は赤しいたましその母の寢足らぬ顔は青し醜し

たはぶれに惡者《あくしや》の童《わらは》ひとすぢの繩を引きたるわが行手《ゆくて》かな

紫と白と浅葱《あさぎ》とやはらかき皐月《さつき》の線にかきつばた咲く

冷飯を法師のごとく泉もて洗ひて食ひぬ夏の夕ぐれ

たよりなき心の如く風吹けば葦の若葉に流れよる泡

鴉と雨　一九一五年（大正四年）刊

わが心また新《あらた》まるよし無きか路に死にたる人のたぐひか

與太郎が失物《うせもの》をしておどろけば目尻さがりぬ喜ぶがごと

事よろづ樂しき方にとりなしぬ遊びを好むみづからのため

この男みづから立てし掟をも變へがたしとは思はざるかな

硝子の間明るきなかの敷石に蘭を移すも我れを嗅ぐため

舞姫と踏みし河原をおもかげに月見草さく夜となれるかな

この日まで捨つべき戀にかかはりぬ我れの不覺か君の不覺か

酒がめをくつがへさずば酒盡きじ君を捨てずば君を忘れじ

君もまた我が見ることを遮りぬ心に早くうすごろもして

ここちよき蘆のみどりと石竹の紅《べに》をまじへて笛の風吹く

別れをば惜む友にも文書かず遠き流離《りうり》の國さして行く

君が髪切れて赤くもなりゆくか孔雀の羽のおとろふるごと

俵より小豆なんどのこぼるるも港は悲し神無月きて

垣のそとうす紫にたそがれて沙丘にのぼる飴色の月

末なりの隠元豆のちさき實に降りて白きそこばくの花

冷たくも花粉を著けて水盤の銀のふち匐ふ秋の蜂かな

伊弉冉《いざなみ》のほぞの下なる裂目より母を焼きつつ出でし迦具土《かぐつち》

溫室の緑青の附く掛け金をはづせば香る初秋の風

箱形のゐざり車のかたことと揃はぬ音の止まる橋詰

夜の如しまた喪の如し十日ほど君の心を失ひし家

語ること歌舞伎のうはさ世の流行《はやり》ただ其れながらにくき眼《まな》ざし

君が馬車二月の森にとどろけば枯木をすべる雪のかたまり

倒れたる粉引小屋の下に泣く野分の朝のひまはりの花

俵をば腰に巻きたる渡し場の女乞食も夕焼を見る

南座の繪看板をば舞姫と日暮れて見るも京のならはし

清水の塔のもとこそ悲しけれ昔の如く京の見ゆれば

岡崎やわが家《や》の跡の根葱《ねぎ》畑に瓦のかけを濡らす霧雨

まぼろしにうす紅梅の細帯を見る男こそうらさびしけれ

山をとこ戸板に乗りて打默《もだ》し飯場に歸る白きあかつき

何事を待てるか誰を頼めるか問ふ聲ありてその答へ無し

幾たびかあともどりする足つきは我が眺めてもみぐるしきかな

灰をもて灰に抛《なげう》つ我が事の空しきをもて空しきに置く

青き湯の菜の香を立てて煙《けぶ》りつつ流るる溝に猫柳さく

大幅の友禪を取り白き手の尺あつるとき春の風ふく

今にして思へば我れの惡しき名もかにかく人の摸《ま》ねがたくなりぬ

君の著る萌葱《もえぎ》むらさき茜《あかね》ぞめそを背にしたる春風ぞ吹く

東京のあつき八月くちなはの鱗《うろこ》のごとく光る八月

脣も石をば嘗むるここちしぬ歡び早く身を去りにけん

急がしく暑きといきを投げかけて女の如く夏のとりまく

君が著るお納戸色と横に降るしろき雨とをめづる長椅子

花のまま枯れて黑める山あざみ二尺の莖に淡雪の降る

しばらくは君が髪をばまさぐりぬ舞臺のうへの若人のごと

わが前に紅き風吹きやつくちのそよげば見ゆる白き片肘

ちりめんの赤き襦袢の片袖と船とを映し霞みたる水

加茂川も四條の橋にいざよひぬ別れがたしと君の泣く時

冬來れど短き衣《きぬ》のあはれなる我が娘らは膝のあらはる

妻を見て寒く笑ひぬ貧しきは面《おも》を合せて泣く暇も無し

太やかに曲るぱいぷを啣《くは》へつつ顔を顰《しか》めて組める後ろ手

衣《きぬ》朽ちてほの現《あらは》るる子の肩を水に浮きたる月と云はまし

溜りたる水をめぐりて草の芽の青めば枝に紅き梅咲く

蠟燭を誰が家よりか啣《くは》へ來て棟にとまりぬさびしき鴉

うす赤く青く野火もえ枯草を打ちて光りぬ長き柄の鎌

かれがれの甲斐の葡萄を手に採れば細き茎より白露の泣く

野を焼ける名殘のけぶり庭に入り匐へばしづくすわが軒の霜

秋たけてまろく胡粉を盛る如き菊は咲けども我れ痩せてゆく

葛《かづら》もて組みし筏の流れ去り濁れる沖に白くただよふ

山城に木の芽つむ日となりぬれば隠れて母と泣きし夜の見ゆ

おもしろく友みな攀《よ》ぢぬ降《お》りゆきぬここの切厓《きりぎし》そこの切厓

こころよく霧に柳の濡れそぼち濠端を行くあかつきの馬車

女ある障子のなかの灯の如し秋ふけて咲くだありあの花

一しきり窓の硝子を燒きこがしカンナの花に日の暮れてゆく

美くしき囀ばかりを耳にして脱殼《ぬけがら》に倚り灰色を嗅ぐ

わが時は失はれたり涙もて築きしものぞすべて流るる

ひややかに酒のやうなる香を放つ秋の雨夜のそこばくの花

あさましく我れをいたはることをせず命を刻む唯だ飽かんため

いたづらに欲おほき身を繫がんと病は寒き岩をもてきぬ

わが上にわが待てること限無し必ず來るは悔と知れども

しら露を秋かぜ吹けば蟷螂《かまきり》も青きころもを擴げつつ飛ぶ

光れるは海月《くらげ》か露からろくづか村雨過ぎて夜となりし沙

君を見る初めての夜にすさまじく我れを睨みし棚の黒猫

賢きはあはれいたまし木の根にも牛つまづかず人のつまづく

石臼のもとに蘗もてしばりたる蕪《かぶら》の光る薄月夜かな

うす赤く橙《だいだい》染みてしら絲に似る菊咲けば初雪の降る

ぬれ紙を張りたる如くなまぬるき雨夜の空にのぼる薄月

十《とほ》あまり三とせ經ぬればそのかみの放逸《ほういつ》の子も父を思へり

（父の十三回忌に四首）

天地をうたた樂しと手合せて謎の如くも死にし我が父

おもかげに見ゆる我が父やぶれたる黄袈裟《きげさ》を被《かづ》き白菊を折る

棚にして此日も我れのぬかづくは三萬首ある父の歌卷《うたまき》

外套を脱ぐとき雨の水たりぬ蠟燭の火の暗き屋根うら

無造作に蠟燭の火を吹き消して巣のごと被《かづ》く屋根裏の床

金網にあるじの鶴の歎くとき下《お》り來て水を浴ぶる小雀

足なへも禿げたる人も求むてふ寂しきなかの樂しみに生く

斑鳩《いかるが》の鋼封藏《こふざう》あくる番人の提げたる鑰《かぎ》をとりまける秋

まなぶたに寸ほど白く埃ゐぬ大いなるかな奈良の毘盧遮那《びるしやな》

あな寒し夜更けて歸るひとり身の袴を吊す釘の手ざはり

土ぼこり黄いろに揚がる風の日の乾ける畑に根葱《ねぎ》の花咲く

淸らにも蠟の滴《た》るごと一しづく閉ぢたる目よりわが淚滴る

雨止まずどくだみなどの咲く上に濁水《だくすゐ》出でて沼に似るかな

（洪水六首）

こころよく物ともせずに新しき俵の上を越ゆる濁流

大水に施行《せぎやう》の旗をひるがへし小舟あつまる寺のきざはし

眺むるは白きむくろか尺ばかり電柱出でし上の野がらす

家《や》の上に默《もだ》す妻子《つまこ》ら家のなかに七日《なぬか》水漬《みづ》きて出でぬその父

花嫁の荷と死馬《しにうま》をもてあそび千住の橋を越ゆる大水

ものの蔓おどろまじりに枯れて匐ふ築土《ついぢ》けぶりて鶯の啼く

潮青くさせば斜めに末白くわたつみに入る石の切厓《きりぎし》

金を延べ銀また錫を延べて刷る冬より春に移るおもむき

鼠だに春ちかづけばなまめかし我が溫室の紅梅に寄る

二人《ふたり》より三人四人《みたりよたり》となりぬれば言葉おほくて眞《まこと》減りゆく

痩せがちに目の凹《くぼ》むまで物讀みて時に嗅ぐなりくちなしの花

うちつけに云ふことは好し徐《おもむ》ろに云ふことよりも情《なさけ》うづまく

寛《ひろし》らは皆奇を好むこころよき限りを盡し傷《いた》まんがため

大寺《おほてら》の塔のかなしさ止む間なき嵐に立ちて中空《なかそら》に鳴る

わしれども重き鐵鎖《くさり》を引く我れは人の半ばも歩まざるかな

樺の木に朝日の射せる停車場《すていしよん》掛樋を落つる秋の水おと

かぐはしき春の泥咋《く》ふつばくらめ主人《あるじ》が塵に伏すと何れぞ

事ごとに澁面をしてきたなくも革の財布を覗く一むれ

おもひでを語らんとして咽《むせ》びけり猶そのかみの涙おつれば

ををしくもわが頰《ほ》の色を好からしむ超人の書と赤き太陽
何の樹ぞ河より來る風に立ち鬱金《うこん》のひろ葉おほかたは散る
靜かなる心を打ちて土に据ゑ我れを幾たびいきどほらしめ
大海《おほうみ》を長く限れる白き沙君とこの朝踏みて歸らじ
手にとれば侘びて住みけん父母の涙おちきぬ水引の花
京洛の人おどろきて秀才《すさい》とも美少人《びせうじん》とも呼びしいにしへ
かの少女《をとめ》われを誤るかく云ふはかの少女をば讃へんがため
小麥畑むしろの如く黃ばむ日に土筆《つくし》生ひ出づ上の沙山

物云ひてもえぎの蚊帳をくぐり來る我兒は淸しうら寒きほど

また逢はじしか云ふは君海こえて旅に死なましかく云ふは我れ

大船が錨を沖に卷く音を聽きつつ目にす白き襟あし

ひとり寢の寢臺も泣きてきと裂けぬ樫の荒木に秋のとほれば

蟲干に去年《こぞ》の袴を吊りたればほのかに古き酒の香ぞする

秋の野の馬の屍《かばね》にあつまれる蠅もさわげば中空《なかぞら》に鳴る

川端の大煙突のもとに栖み春の夜に啼く穴いたちかな

河原よりやがて歸ればてすりなる前髮は云ふ疲れ易しと

壯年にして猶遊子《いうし》歌ごとに竹枝《ちくし》の調《てう》を帯びにけるかな

父母の墓をめぐりて泣きにけり遊子も時に孝子の如く

うら若く二十《はたち》ばかりと見ゆれども金の桂《かつら》を巻けば身に適《あ》ふ

彼らみなないがしろにぞ我れを見る然か見ることを教へしも我れ

我らみな物を傷《いた》めばいと深し第一の語を不用意に吐く

大地《おほつち》に日の暮れゆけば空高くひかりを放つ富士のしら雪

芹の芽をうすき氷の閉ぢたるに帯のうつれる小き舞姫

岬なるいさごの上の松が枝に鴉の啼きておとす朝露

人の目を見つつ物云ひ錢欲しと侘びつつ市に猶も住むかな

おもしろき酒場のつばめつばくらめ濡羽を酒にうつしつつ鳴く

かの空の群青いろに合はせつつ心を塗れる金色《こんじき》と赤

池に來て蘆の浮葉につまづきし風の脛《はぎ》見ゆ白きさざ波

聲あげて我が悲むもよろこぶも皆くるほしき醉中《すゐちう》の歌

しら菊の倒れて咲くを悲みぬ小き素足の土を踏むかと

もの云はんかの流俗を笑ひ見て高きを歩む三四五の友

釋迦牟尼《しやかむに》も盗跖《たうせき》もみな隱れたるむかしの土へ蛇穴に入る

やうやくに悲むところきはまれば嵐の如く我が心鳴る

嵐、嵐、目なき嵐は歸るべき方《かた》をおもはず青空に鳴る

山畑に掘りし百合根を山川に洗へば白し我れも汚さじ

病む身より呻けば出づる摩尼《まに》を取り子等に示して掌《てのひら》に置く

酒を見てかなしきこころ先だつはしばしば醒めしその寒さゆゑ

長長と柵より首を出だしたる駱駝も我れも倦みにけるかな

いたましく駱駝の如く膝折りて痩せさらぼへる我れを見に來よ

駱駝をば見つつ心に思へるはまだ見ぬ萬里長城の外《そと》

をちかたの駱駝の小屋のにほひしぬ冬の木立の雨となる時

聖教《しやうけう》を負ひ來るは無し後の世は唯だ商《あき》びとの荷を負ふ駱駝

動かざる駱駝の首を見つめつつ我れも靜かに我が時を待つ

棕櫚の葉の軒に鳴るとき眠りたる駱駝の近く立つかとぞ思ふ

若き日に見奉れる名殘とて師を思ふたび我れ若くなる

（以下萩の家先生の例祭にて）

師の墓の霜をぞ掃ふ我が胸の涙を掃ふことの如くに

御子《みこ》たちの後邊《しりへ》に附きて此の弟子も寒き御墓《みはか》に御酒《みき》たてまつる

四十路《よそぢ》にも身の近けれどそのかみの若き心に師を戀ひて泣く

かしは手を打てば悲しやくりかへし打てば樂しや師の御墓《みはか》べに

うつし世に暫し在りつつ師と我れと歌ひしことも永き不可思議

父の逐ひ兄の捨てける寛《ひろし》をば惜しと誨《をし》へし萩の家の大人《うし》

師を見れば私ごとを云ひし癖いまさぬ世にも殘りたるかな

師の大人《うし》をひとり戀しと思ふとき寒き日も行くその御墓べに

行く道をあやまたずやと思ふ時こころしばしば師に歸り來る

駒込の御庭の椿しら玉に似る花咲けば師の祭來る

鴉きて朝日に鳴けば大橋の杭の小雪の薄赤く散る

（以上）

軒下の痩せし乞食の目ぞ光る雪にならんと曇る夕ぐれ

霜しろき郵便箱に縛られし如くねむれる醉男《ゑひをとこ》かな

宿無しの男と寒きうかれ女と夜更けて云ひぬ酒の錢欲し

軒下の荷ぐるまに寝て伸ばしたる裂けし靴にも霜しろく置く

宿無しの子は皆死ねと追ふ如く吹雪ふりきぬ橋の下まで

雪の軒繩を厚布《あつし》に巻く男醉ひて歌へば北國《きたぐに》のこゑ

爲事《しごと》無きこと七八日《ななやうか》食はぬこと二日《ふつか》となりぬ雪の軒した

片隅に來て寝し瞽女《ごぜ》の三味線を鼠の鳴らす寒き安宿

たのみなき世にはあれども眞《まこと》しき事一つあり飢ゑて人死ぬ

霜うすく甲板《でつき》に置けば網に入れ上荷《うはに》にしたる鷄の鳴く

あかぎれの手を口に吹くしかれども思ふ所はミユウズ、アポロン

（以下鹽原にて）

二荒山高原《ふたらやまたかはら》の山那須の山山かぜ我れを吹きて寒き日

いざと云ひて流竄《りゆうさん》の子を待つ如く荒野の御者《ぎよしや》は痩馬を附く

那須ゆけば雜木も草もはらはらと紅葉を投げて我が馬車に入る

谷近く鏡な取りそ霜を吹く岩間の風に指の凍らん

年ごろのおとろへし身に湯を浴みぬ琅玕《らうかん》を切る鹽原の谷

山裂けて瀧あるところ板橋す飛沫《しぶき》に濡れて馬を立つべく

秋山の神に手向《たむ》くともみぢ葉を卓にかこみて杯を擧ぐ

三尺の薊のくきの立ち枯れて鹽原の山石に霜ふる

こころよし高原山を背にしつつ那須の大野を歸るわが馬車

（以上）

まはだかに錨を負ひて追はれ行くまぼろし見えて熱き沙かな

うしろより沙を食らへるやからぞと云ふ聲ひびく我れを誹《そし》るか

七日ほど沙をば揚げて風止まず夕の月のすさまじき色

富士を匍ふ嵐とともに舞ひ立ちぬ亡靈に似る須走りの沙

とこしへに寝んとせしかど我が内に覺めし聲あり驚きて起《た》つ
日は急に血の燃え盛る點と見ゆ我が欲望の中心と見ゆ
久しきを知らず刹那の充足に我が踊るとき天地踊る
境無し固よりここに愛も無し唯だに生きんと叫ぶ角鬪《かくたう》
來り見よ野性と野性この外に千とせ尋ねし愛も美も無し
僞りを習はんとすや生きながら死なんとするや夢を賴むは
書齋より物云ふ乞食《かたゐ》かれらをば皆屠《ほふ》とらんと思ひ立つかな
耳假《か》すな我らがために血とならずパンとならざる人のたは言《こと》

血にまみれ嚙み合はざれば物足らず生くてふことは戰へること

ためらはぬ力ふたたび我れに來ぬ日のぼり花の裂くるここちに

なみなみとわが杯に痛きまで強く香れる刹那をば注ぐ

美くしき音樂となり色となり匂ひとなりて我れ踊りゆく

舞ふによく戰ふによく臥すによし土より出でし眞裸われは

新しく若き手力《たぢから》みづからを黃金《わうごん》に鑄《い》る若き手力

すこやかに張りて緊《しま》れる筋骨《すぢぼね》を試めす日きたる地《つち》の戰ひ

涙より改まりこし目の淸さ鐵鎖《くさり》を斷ちし脚の雄雄しさ

若やかに直《なほ》き心を被《おほ》ふ髪しろき額につやつやと垂る
誰もみな己が命の音《ね》を立てよ萬葉集を摸《ま》ねて何せん
人あまた泣言するを螻蛄《けら》などの羽擦る音とよそ事に聞く
わが手もてわが常磐木を額《ぬか》に巻くわが杯にわが酒を注ぐ
よろこばん勝利の人のさびしさを知ることもまた我れの誇りぞ
身はここに水晶のごと透きとほり湯のごと湧きて心目覺めぬ
美くしき世を跳び越えて赤黑き惡の世を行く更に美くし
習俗に媚びへつらふや人言《ひとごと》に耳をば假すや何のいとまに

不思議より不思議に通《かよ》ふ路盡きず夢と戀とのなかに遊べば

母蟹の腹より百の小き蟹匍ひ出づるごと新しくあれ

市人と鄙《ひな》の若者末つひにこの世に勝つは鄙の若者

うしろより馬の來るには驚かず我がましぐらに行くに驚く

昨日今日足らはぬは無し明日はまた混沌として驚きに滿つ

爐上の雪　一九一二年（大正元年）～一九三〇年（昭和五年）

太陽よ同じ處に留まれと云ふに等しき願ひなるかな

地の上に一線を書きわれ歎ず人間の行く廣き路無し

ひんがしの國には住めど人並に心の國を持たぬ寂しさ

やうやくに自らを知るかく云へば人あやまりて驕慢《けうまん》と聞く

蝶を見て戀を思ひぬその蝶を捉へつるにも逃がしつるにも

新しき浦島が子の悲しみは開かん箱を持たぬなりけり

華やかに戀に生きんとする人も寂しき時は目を伏せて行く

腹まろく肥えたる僧と佛蘭西の修道院に聞きしロシニヨル

ヅルレエヌその石像の前に踏むリユクサンブルの橡《とち》の落葉《らくえふ》

べにがらと黄土《わうど》を塗りて手輕くも楊貴妃とする支那の人形

化物《ばけもの》を語りし母はこの國の人の怖さを早く知りけん

わが前の河のなかばを白くして帆をうつしたる初秋の船

牡丹をば描《ゑが》かんとして似もつかぬ赤紫を盛り上げしかな

水青く白鳥《しらとり》光るわが立つは柱廊《ちうらう》などのここちこそすれ

君に告ぐ全身をもて負ひたまへ手に取るよりは重からじかし

ギリシヤの海に見るべきしら鳥が家鴨《あひる》にまじる鵞鳥にまじる

音も無く黑きころもの尼達が過ぎつるあとに殘る夕燒

古びたる國禁の書にはさまれて日附のあらぬ啄木の文《ふみ》

一切を蔑《な》みせんとせしわが憎み君に及びて破れつるかな

大詰の後《のち》に序幕のきたること唯だ戀にのみ許さるるかな

巴里にて夜遊びしつつ覺えたる善からぬ癖の嗅ぎ煙草かな

時として異邦に似たる寂しさを我れに與へて重き東京

浮びたる芥《あくた》のなかに一すぢの船の痕《あと》あるたそがれの河

しろき鳥いよいよ光り海のいろ濃き紫にかはりゆくかな

ねがはくは若き木花咲耶姫《このはなさくやひめ》わがこころをも花にしたまへ

乾漆《かんしつ》か木彫《もくてう》かとて役人が指もて彈《はじ》く如意輪の像

夜となれば野を忍び來て菜の花の移り香を持つ我が閨の風

その人に我れ代らんと叫べども同じ重荷を負へば甲斐無し

美くしき太陽七つ出づと云ふ豫言は無きや我が明日のため

わかくして思ひ合ひたる樂しみを礎《いしずゑ》とする人間の塔

俄かにも老のきたりて急を告ぐ汝《ぬ》が空想の城は危し

黑黑と橡《とち》の竝木の立つなかに巴里を染むる淡き冬の日

寂しくも東に生れ天と云ふ一語に事は定まりにけり

大海《おほうみ》をはろばろと見て臥す牛の沙丘の上に尖るその角《つの》

取らんとて逃ぐるを怖る美くしき手は美くしき小鳥なるべし

溢るるは唯だに一時《ひととき》おほかたは醜き石をあらはせる川

啼きに啼くあさまし長し喧噪《かしがま》し短き歌を知らぬ蟬かな

騒音は猶しのぶべし一やうに勞働服を著たるさびしさ

わが玄耳《げんじ》山東に居て泰山をわきばさめども成す事も無し
（澁川玄耳に）

鳴る鐘はオペラ通りの横にある古き細路《ほそみち》その奥の寺

穀倉の隅に息づく若き種子《たね》その待つ春を人間も待つ

廣き手を顔に押當て恥かしと深き命の洩す一こゑ

春の雲銀座通りの灯の色に紅く染まりて空を行くかな

辻に立ち電車の旗を振る人もいしく振る日は樂しからまし

地の上に時を蔑《な》みする何物も無きかと歎く草の青めば

大いなる傘に受くれば一しきり跳《をど》れる雨も快きかな

西比利亞《シベリア》へ軍《いくさ》を出だす事なども民あづからず昔ながらに

世の隅に涼しき目をば一つ持ち靜かに在らん事をのみ思ふ

猶しばし昨日の夢にかかはりぬ覺めぎはの目の甘く重たく

夏來れば行きて踏まんと思ふなり青みて香る春日野の土

片隅にありて耳をば澄ますなり盲人《めしひ》の如き水色の壺

行く水の上に書きたる夢なれど我が力には消し難きかな

さはやかに翡翠《ひすゐ》の質の風吹きて空も大路《おほぢ》も青き初秋

懲しめて肉を打ちつつ過ちて魂をさへ砕きつるかな

寂しさよ此頃落つる髪を見て作り笑ひも事にこそ由れ

霜月の草と云へども吾髪のほろほろ落つることに似ぬかな

涙には春秋も無し老も無し唯だ若き日のままにこぼるる

はしたなく縁《ふち》の取れたる鏡など露《あら》はに見ゆる我家の秋

女たち鏡の間より裾曳きて窓に倚るなり秋の夜の月

紅《べに》を注《さ》し黄を塗ることを忘れざる秋は尊し草の末まで

空しきを塗り消さんとてゆくりなく附けたる色の美くしきかな

池ありて雁來紅《がんらいこう》の立つ園に夕日が満たす金色《こんじき》の秋

美くしき宵がたりをばあまたして暁に見る芍薬の畑

秋更けてかの大空も灰色の寒き顰《ひそ》みを我が如く持つ

象の背の菩薩のごとく群青と白の繪具の古びゆく秋

よき歌を詠まんとあせる凡心《ぼんじん》をしづむるほどに時移りゆく

一切に背を向けながら入る如きあまさを感ず劇場の口

かの隅になにがし立ちて叫べども振る手のみ見ゆ群衆のうへ

拳《けん》を打つ二人の男たやすげにすべてを拒む形するかな

赤赤と地獄より吹く風ありて詩人の髮の逆立てる時

かろかりし翅《つばさ》のうへに擴がれる大空のいと重き今日かな

夕食の後に芝居を思へども巴里の街の秋ならぬかな

やはらかに海に入らんとする山を磯に支へて白き城かな

ここにして夜毎に逢ふと語るとき銀座どほりを新居格《にゐかく》の來る

カフエエより扇形して春の夜の銀座の雪を照すともしび

若きむれ醉ひて歌へば片隅の卓にある身もおもしろきかな

灯ともれば銀座通をまた行きぬ巴里に得たる夜遊びの癖

夜ごと來て荷風《かふう》の坐る奥の卓巴里なりせば紐飾りせん

巴里にて金貨を投げて拂ひつるカフエエの夜には似るべくも無し

灯のひかり煙草のけぶり酒の香も水いろをして溫室に似る

人すべて悪しきならんやかりそめの過ちをのみ言はれつるかな

みづからの心は紙にあらざれば憎むあまりに裂くべくも無し
氣のすこし揚れるときは筆さへも鞭にひとしき心地して執る
わが手もて捉ふることの難《がた》しとは猶ねがはくは知らであらまし
野に來れば五月のなかに天と地と濃き酒のごと融けあへるかな
火のごとき握手はあれど鐵に似る太き握手に逢はぬ旅かな
嚙みくだきK《ケイ》の音《おん》のみ吐き散らす百舌《もず》一つ來て秋明《あか》り行く
路すでに寒き木立に入りつれど追ひ來る如し青き湖
みづからにあきれし人の行く方を死の谷ぞとは教へずもがな

もの云へば衒《てら》ふに似たり云はざれば我れに殘りぬ寒き顏のみ

極端を好むこころと忌むこころ今日となれども定まらぬかな

戀すれば素直なりける我れにさへ憎むこころの來たり働く

皿まはし目のかがやきぬこの刹那世界も皿も共に廻れば

その事に言ひ及べどもあやにくにふさはしからぬ言葉出できぬ

あまりにも萬づの變を見つくしてたやすく物の言ひ難きかな

身の老いてよきかな瘦せし冬の日の山のすがたの我れに現はる

棘に似る心に倦《あ》きて甘き果《み》を言葉のなかに見出でんとする

戸を破り出でこし我れも今日見れば一尺の地をわづかに守る

末の兒が作る紙びな親たちも猶こころにはその遊びする

常に無く心さわぎぬ春となりこれ薔薇の氣の包むなるべし

もの云はで笑みつつあらん云ふ時はすべて寂しき現實となる

子等のため妻が圖を引き建てし家紙の家かと見えて白かり

草ひかり階の下《もと》よりつづく外《ほか》ものの隈なき夕月夜かな

目ざむれば窓にさし入るしろき月夜明の船にある心地する

荒らかに刈ることなかれ草とても人にて云へば己がともがら

一ふしの謡《うたひ》おこりてつと止みぬ隣の大人《うし》の何思ひけん
（戸川秋骨と隣す）

山泉海景　一九二一年（大正一〇年）〜一九二二年（大正一一年）

をりをりに内の焰をもて餘し淺間の山も動かんとする
（信州にて）

妙高の裾野の端に露を置く高田の街の秋のともしび

四方をば山もろともにかき消せる雲の中なる雨の音かな

雲下りて遠山は皆かくされぬ纔《わづ》かに靑し妙高の肩

俳諧寺一茶の國の信濃にて百年ののち望月を見る

夜もすがらわが閨《ねや》に來て明方の山の小雨に消え去れる月

軒ちかく山と我れとを隔てたり秋に黄ばめる柳ひともと

山山も腰を伸ばして空高く立ち去りぬべき雲のさまかな

しばらくは玩具《おもちや》に似たる汽車過ぎて野を廣くする秋の夕暮

（高尾にて）

山深き上野原にて日の落ちぬ心ぼそきは秋のならはし

（上野原にて）

＊

つばき散る伊豆の磯湯のきりぎしの竹のあひだの長き石段

（伊豆山にて）

湯に入ると綠の羽を脱ぎ放ち孔雀なりしがしら鳥となる

磯の湯に跳《をど》り入るとき女みな海の魔性に還らぬは無し

海たかし白菜の畑みかん畑つばきの花のうへを船行く

片膝を立てし形に羞ぢたると誇れるとあり泉の女

ひろき湯に一つ浮べる我が顔を夜更けて守る暗き電燈

年たけて身を責むるにも限りあり心の行くに任せて遊ぶ

（畑毛溫泉にて）

空かすむこのひまにとて午《ひる》すぎの富士も暫く横に臥すらん

雲は皆ころもの如く解き去られ眞白き富士の曝さるる空

あめつちの開けはじめのまろ柱ひとつ殘りて白き富士かな

いにしへも頬を寄せ股《もも》を伸べにけん春日さし入る百穴《ひゃくあな》の口

溝を越え畔《あぜ》を踏めども草の葉に我が若き日は嗅ぐべくも無し

頼朝をまもり立てたる東國の大氣をしめすまろ柱かな

（韮山にて）

擔庵《たんあん》の家の眞柱かかるをば太《ふと》しき立つと讃へたりけん

雀の子くらき蛇腹にまぎれ入り保元《ほうげん》の世の煤こぼれきぬ

まなじりの吊り上りたる擔庵の繪像を買ひて韮山を立つ

枯草にみどりを少し打まぜて韮山の土ふくらめるかな

氷る田の芹をも摘まじ屈《かが》まりて痛さを忍ぶおなじ身なれば

西伊豆に我等を載せて奈古谷《なこだに》のけはしき坂にためらへる馬

晝の月大仙山《だいせんやま》のうしろなる空に置くなりひとひらの綿

湯のうえの絲より細きさざなみも圓《まろ》くもつれて樂めるかな

春かぜに捧ぐる口と皆なりぬ湯ぶねの波のやはらかにして

命をば賭くる戀とはことなれど江の浦を觀る樂しさは似る

（江の浦にて）

牛臥の濱に宿れば牛よりも黑き夜となり海うなり出づ

涕涙行

一九二二年（大正一一年）

（森林太郎先生を悼みて）

先生のやまひ急なり千駄木へ少年の日のごとく馳せきぬ

みづからを知り盡したる先生は醫をも藥も用無しとする

大いなる天命のまま物書かん死して已《や》むとは先生の事

病むことを告ぐなとあればうからたち三四の外は問はぬ御枕《みまくら》

八千巻《やちまき》の書をかさねたる壁ごしに畏《かしこ》まり聽く先生の咳

おん顔はいよよ氣高しいたましく二夜《ふたよ》の程に痩せたまへども

先生の病を守《も》れば千駄木の夜霧も泣けり軒をめぐりて

肅《しゆく》として祈らぬは無し大宮の圖書の御寮《みれう》の下《しも》づかさまで

先生はゆたかに滿つる生なれど足らぬ我等を憐れみたまへ

侍したまふ夫人の君のすすり泣き俄かに高し如何にすべきぞ

許されて我れと萬里とすべり入り拜す最後の先生の顔

東方に稀に鳴りたる大いなるしら玉の箜篌《くご》いまややに消ゆ

雙《さう》の手を腋《わき》に載せつつ身ゆるぎもせず四日《よか》ありて果てまししかな

先生の臨終の顔「けだかさ」と「安さ」のなかにまじる「さびしさ」

隅に立ち萬里と共にささやきぬ「先生の顔基督と似る」

二十歳《はたち》より先生を見て五十まで見し幸ひも今日に極まる

地にしばし巨人の影を投げながら生より死へと行き通る人

寛《ひろし》われ啞ならねどもこの大人《うし》の御前《みまえ》にあれば言葉無かりき

死の面《めん》をとらんと切にのたまへる夫人の心知りてうなづく

うづだかき書架とピアノと小机とある六疊のおん果ての床

「われ死なん」かく書きてあり「今は唯だ一石《いちいは》見人《みじん》森林太郎」

「石ひとつ餘事を題することなかれ森林太郎墓の五字のみ」

RINTARO MORIと云ふ名のひびきすら高く寒かり淸らなれども

とぶらひに天子《てんし》の使きたれども馬車入りがたし先生の門

みひつぎを廣きに遷《うつ》し白をもてよそほふ中の一すぢの香《かう》

先生のときどきを知る百人が夜霧に濡れてまもる御柩

先生を語らんとして尊くも鶴所《つるど》の大人《うし》の泣きたまふ聲

先生のたかきところのたかさまで到らぬ我れの何と讃へん

わが見るは天の一端おふけなく一端を見て先生を說く

つぎつぎに新しき日を造りたる自在のちから不壞《ふゑ》のたましひ

人間の奇《く》しき強さもはかなさも身一つに兼ね教へたまへり

天人《てんにん》のいちまんにちも先生の六十一の足るに若《し》かんや

先生のみひつぎのまへさわやかに七月の夜の白みゆくかな

先生の觀潮樓に夜を通しかくかたらふも終りなるべし

うちこぞり立ち走《わし》りして大宮の圖書寮の人葬《さう》の事執る

泣くべくて泣きこころから項根《うなね》つく一千人の送る御柩

葬のことやうやく果てて壓《おさ》へたる内のなみだの迸《ほとばし》り出づ

人麻呂が島の宮居に泣きしごと今日千駄木に散り別れなん

この夏は旅にも出でず先生を炎暑の中に憶《おも》はんとする
のちの世に大人をめぐれる群像の若きがなかに立つよしもがな

四萬浴泉　一九二三年（大正一二年）

行き行きて共に歸るを思はざるわりなき遊びするよしもがな
夏の日の四萬《しま》の山路のけはしきも汗うち流し人行き通る
山に來て手紙を書かず何事も告ぐべき人と共に來つれば
浴室の窓を閉づればしめやかに泣く聲となる四萬の谷水

四萬浴泉

山の虻ちかく來るとき心にも我が虻ありてその虻を打つ

虻きたりその虻よりもけはしきは虻を憎める一瞬の顏

なにと云ふ寂しき蟲ぞ音を細く山の月夜の露原に引く

山はやく秋を感じて八月に水晶の氣を人間に吹く

山の草ふと見つめたる一點に黄なるはかなき女郎花《をみなへし》立つ

部屋ごとに晝寢の人の足見ゆるその中庭に合歡《ねむ》の花さく

山くろく重なるうへに月ありて四萬の川原のましろき夕《ゆふべ》

月もいま前の川原の湯ぶねより出でし裸と見ゆる夕ぐれ

月見橋かく簡單に呼ぶ橋を四萬の月夜に好しと思ひぬ

月見橋ここに來たりて人間も月も泉も解けあへるかな

人間がものに打勝つ僭越は山に來たりて持つべくも無し

ここに來て誰れかは華奢《くわしや》を思ふべき四萬の泉は欲を洗へり

石のかど白き土より出でたるに日の斑《まだら》なる木下路《こしたみち》かな

岩を撫で木を抱く山のたのしみも人間の子によそふればなり

熱き湯をちさき桶にて山に浴ぶ苦行に似たる遊びなるかな

水音と月の入るまま戸をたてず語り更かせば谷白みゆく

あかつきは革を著んとも思ふかな水晶を採る山の涼しさ

谷のうへ紫磨山荘の赤松の幹ほほゑみてあかつきとなる

山に見るはかなき草の葉末なる紅の色にも兒等の戀しき

赤とんぼ肩にとまりぬ我れを見て枯木とするや草と思ふや

きりぎしの土に危く落ちんとし造花に似たる車百合さく

八月の赤きはだかを谷に立てさむき岩間の水に打たるる

やはらかに翡翠を空に盛り上げし山の底なる谷の水音

手輕にも髮は束《つか》ねてありぬべし淡き化粧《けはひ》は湯の後《のち》に好し

橋下の水の音にもまぎれざる酒屋の土間の宵のこほろぎ

谷の底西ひがしをも知りがたし水の明りか月の射せるか

三尺のすすきを交《ま》ぜてつくりたる山の桔梗の長き花束

廊のもとさらに廊あり斜めにも溪の湯ぶねに降《くだ》る涼しさ

荒山のかさなるうへの夕雲に劔《つるぎ》を出だしわたるいなづま

水を聴き月のひかりに吹かれゐる四萬の川原の板の假橋

手を擧げて呼べば前なる店の妻瓜をもてきぬ溪の湯の縁

岩に居てきぬを洗へる少女らを前景として靑き朝川

日向見の湯女《ゆな》のつくれる笹ちまき解く心にも秋の沁み入る

山の雨にはかに打てば高きより青葉を落すわか楓かな

溪間より榛《はん》の木立の上を行くひとむら雨《さめ》のしろき足音

湯に下りなみだを洗ふ人ありて溪の杜鵑《とけん》をあかつきに聴く

谷ぞこの湯ぶねに光る人と月石を載せたる板屋根のもと

半面像　一九二二年（大正一一年）

頰《ほ》に遺《のこ》る古き胡粉を落さじと撫でずして已む楊貴妃の像

われを見て邪宗と謗るこゝろも無し彼方に去れる若きむれかな

茱を咬みて物讀むことの樂しみにおちつく我れを寂しとぞ思ふ

われ常に出發前の五分時のあわただしさを家に居て持つ

誇りかに人と行きつつ物言ひし若き心をいつ忘れけん

靴底の細きを見せて跪《ひざまづ》き祈るさまにも草を摘む君

二十歳《はたち》より今も空ゆくこの人は翅《つばさ》に代へて夢を伴ふ

黍がらの高く秀でて立つことも果敢《はか》なまれつつ寂しき夕《ゆふべ》

太陽は小さき草を見失ひやうやくにしてめぐりこしかな

あはれただ型のごとくに幕下《くだ》り型のごとくに拍手の起る

十二時に家に歸ればくらがりの書架の上より光る猫の目

二葉より紫しつつ羨まれ切らるる運をもてる草かな

かりそめの言葉より成るその歌も聞かずば如何に寂しからまし

旅びとが一つ二つを撞く外は打もだしたる大佛の鐘

旅の身も倚りて思へば樂しかりコリント風の石の柱に

夜の更けて山のにはかに光りつつ月の車のきたる頂

（以下尾花峠にて）

來らずと知れど萬里を猶待ちぬ尾花峠の夕月のもと

月の夜の深山に聞けばをちかたの梟の音も笛に似るかな

山荒く甲斐と相模の隅に立ちむらがるなかに鳴れる川音

秋の日の尾花峠に見おろしぬ雲のあひだの黄なる山畑

牛よりも重き夢見るむら山が起きんと動く朝の雲かな

片隅のむしろを巻けば四つ五つ墨汁のごと跳ぬるこほろぎ

熱海の二夜　一九二三年（大正一二年）

この日頃都の空のおさへたる心を放つ海ちかく來て

くちびるに吸はるる如く春の夜の熱海ホテルの紅き氈《かも》踏む

茶の後《のち》の肘掛椅子も猶硬し今宵おもへることに比べて

呼鈴のおと浪おとにまじるなり磯のホテルの春の夜の廊《らう》

春雨のしづくの残る星月夜テラスに海を見つつ語りぬ

更けし夜のテラスに残る人人の顔にのぼれる海明りかな

今はわれ遠き世界もあこがれず東の海のほとりに遊ぶ

今はわれ山の泉に身を浸すよろこびにのみ足らんとすらん

伊豆の春磯のホテルのともし火も椿の花に似る宵となる

山に見る伊豆の入江の美くしさ昨日は小雨今日は春の日

入海のあをき色よりやや薄く小形の船の引きゆく煙《けぶり》

なにゆゑと常に言問ふなやみをもすべて忘るる春の日の磯

天城をば彼處《かしこ》とのぞく三人の顔のあつまるゆふやけの窓

梅を出で椿を過ぎぬ伊豆に來て我身も春の風に倣へり

あたらしき驚きをして生くること我等も磯の浪に似よかし

二日《ふつか》三日《みか》旅に出でつつ思ふこと假初《かりそめ》ながら美くしきかな

あをあをと熱海ホテルの大硝子彌生の海を入るるあかつき

嶽影湖光　一九二三年（大正一二年）

大月の驛を出づれば一すぢの信心の道富士につながる

富士行者白衣《はくえ》のむれのうづまけばこれも裾野の雲かとぞ見る

富士もまた女の線にかたどりて遠き昔に造られしかな

富士の脚いつ起るとも知らぬ間に我れは裾野の上にこしかな

二十歳《はたち》にて極むべかりし頂を今日となれども裾野より見る

富士を見て煙草を吸へばそのけぶり夏草の香と共になびきぬ

もえもえて富士の四方に流れたる青き火と見ゆ夏草の原

萬年の燒石原をまろくして富士の裾野に盛り上がる草

ここにして雜木も石の一片も富士の偉大を支へぬは無し

二十歳にて見し日の如く綠なり我が髮ならぬ川口の水

眞二つにみづうみを切る早き船富士の北吹く風の涼しさ

帷《とばり》する雲の切目に片はしの青きを見せて大いなる富士

馬載せて板舟ひとつ山かげの草の間の水よりぞ來る

わが髮をうしろに竪《た》てて入り難し富士の西湖《さいこ》の洞門の風

目のしたにみづうみを見て桑を採る十二峠の赤土の畑

岩山のうへに現れかや草のなかに入り去る朱の色の路

八月の青木が原の木下路《こしたみち》わが馬車すぎて雫するかな

火なりけるむかしの心いま如何に雑木生ひたり富士の焼石

手荷物を船より上げて思ひけりやがて湖上の山に住まばや

桃色を著て水を見る人のあり山のホテルの白き切窓

明るさも陰も都にことなりぬ山と雲との外に事無し

五千里の長さを持ちて富士のすそ青木が原をわたる白雲

赤松の幹のあひだにその幹の色よりも濃し夕ばえの富士

ゆふばえの富士を見よとてしら鳥に似る船一つ切厓《きりぎし》に待つ

燒石のくろく沈めるみぎはにも薔薇いろを置く富士の夕映

ほととぎす青木が原は暗けれど白き湖水を前にして啼く

天つ風富士の雲をば吹き去りぬ明星きたり近く光れば

思ふことときれぎれなるを我がためにつながんとする山ほととぎす

朝早く厩の馬の足《あ》がきにも似る櫓の音すみづうみの上

無心にて富士に對する靜けさを朝よりゆるす山の窓かな

心をも窓もろともに開け放つ精進ホテルのあかつきの風

われ受けん心つかれて大いなる富士に頼ると云ふ譏りをも

しろき雲二つに裂けてわが前に袍《ほう》の襞《ひだ》ある富士動き出づ

みづからを小《ちさ》しとしたる人の身も忘れて富士と共にあるかな

涙して短き歌をくり返す我等の如き山ほととぎす

わがために馬の口をも執らんなど云ふ人に遇ふ甲州の山

わが家の痩せたる子等も目に見えて細細と立つ山のなでしこ

山かげに散りてはかなき沙羅《しゃら》の花手に拾ふとき涙ながれぬ

先生の庭に散りたる沙羅の花甲斐の山路の木蔭にも散る

山のうへ空には淡き晝の月蔭には白き沙羅の花ちる

夕ばえす燒が岳よりなびきたる煙のうへの一百の峰

下に見る谷間の木末ひとところ白けて立てり鹿の角ほど

をちかたの富士川の水山かげに盡きなんとして白絲を引く

富士おろし山毛欅《ぶな》の老木の根と共に山を剝ぎたる太き手の跡

富士に來て唉耶姫には逢はねどもうつぎの枝に赤玉を見る

行きずりに手を刺しつるも親しかり山の雜木の人らしき針

富士のすそ本栖《もとす》のみぎはここにして浄罪界に行き著けるかな

今はわれ烏帽子が岳の上に立ち見る世界にも足る心かな

たのしみを内に求めて靜かなる心のごとき本栖湖の水

日は落ちぬ身延の山へこなたには富士にただよふ薔薇色の赤

山山の端《はし》をふちどる大空がくちなし色をしたる夕ぐれ

夜となれば富士を守りて金の矢を脇挾《わきばさ》まざる星も無きかな

夕闇の青木が原のほととぎす富士の重みを感じつつ啼く

水色の玻璃《はり》の世界となりゆきぬ富士のゆふべの初秋の空

イギリスの片田舎かとなつかしきラムプともりて山暮れて行く

近き木に山のつぐみは歌へども霧の下なり朝の湖

そこのみは夜のここちしてみづうみの南の磯に黒き焼石

富士および一切盡きてやすらかに有《う》を融かしたり無《む》の霧の中

松の葉もぶなの圓葉《まろは》も霧過ぎて雫を落す山の晝かな

言ふ如く萬づ世かけて動かずば富士は人より寂しからまし

仰ぎ見て云はんすべ無し富士の嶺は大きく我れを壓《おさ》へたるかな

大地より根ざせるもののたしかさを獨り信じて默《もだ》したる富士

人間を死ぬものとして思ふより寂しきは無し富士を見るにも

雲を見て灰をば思ひ富士を見て墓をば思ふさびしき心

人に似る雲もありけりかの空に奔《わし》らんとして富士につまづく

富士も背をこなたに向けてある如し今朝の寂しき我が心には

北がはの富士黒くなり三すぢほど殘れる雪の光る夕暮

倦怠が裂きつるひびを補ひて富士をこの日の心にぞ置く

ホテルよりぶなの木蔭をくだる路みぎはとなりて白き船著く

兩わきに力士の如き雲きたり夕の富士を運ばんとする

みづうみに落つる谷ぞと見えつるはぎぼしの花のむらがれる岸

富士の嶺を甲斐にて見ればたをやめのやさしさこそは此處にありけり

富士の西遠くそばたつむら山を更に深めてくだる白雲

いつしかと富士に雲無し天の時人のこころも秋に定まる

高きより手をつなぎつつ舞ひくだる青木が原の天人《てんにん》の雲

しら雲は到るところを樂めり野にも富士にも舞の袖振る

燒石の黑き底より涌く水のこぼこぼと鳴る山の初秋

荷を負ひて甲府にかよふ馬ならで嗅ぐ者も無き山の秋草

この夜頃裾野の雲を帷《とばり》とし富士に肌觸れ寢ねにけるかな

山に來て折る毒うつぎくれなゐのこの毒にさへ醉ふよしもがな

飛ぶ車うしろにつづく插鬟《はしば》などかぐや姬をば思はする雲

わがホテル眞黑き富士の蔭となり水の上より夜の白みゆく

にくまれて晝日中《ひるひなか》にも竹煮草立ちつつ泣けり山の石原

わが指にうち咽びつつ口づけてみな女なる秋の草かな

うきことは深山に捨てんよしも無し歸らんとしてまた負ひて出づ

三人の旅の男女と初秋の富士を載せたるみづうみの船

清らなる白髪の翁櫓を執りぬ富士の西湖の初秋の船

板船に黄なる五本の番傘がゆふだちを受く川口の水

草の香と馬のにほひを打ちまぜて裾野に吹ける八月の風

高原《たかはら》のつりがね草と月見草ことなる火もて夏祭する

富士いづく祝《はふり》の街の吉田にて行きあふ群の鳴らす鈴音

路曲り野をくだるなりその度に異《かは》る會釋をもて送る富士

裾野行き富士に濡るると思ひけりその下《お》ろしくる霧雨のため

霧早し深しをぐらし七尺の前に路消ゆかごさか峠

にはかにも大霧《たいむ》のなかに圍まれぬ如何が行くべき籠坂峠
雨しろく車にあたり裂くる音裾野を隠す霧のなかにて
をちかたの木立の末に山中湖なまりの色し霧すこし霽《は》る

石榴集　一九二三年（大正一二年）

今一度長安の子の春の夜の噂のなかにある身ともがな
ポンペイの廢墟に立てる柱廊《ちうらう》も我れに比べて寒からぬかな
春の夜に腕輪の玉の話などするも寂しや男のみ居て

四十をば過ぎて學徒にうちまじり物讀む窓の落葉《らくえふ》のおと

ゆくりなく諸手を擴げ立つときに十字の形《かたち》人に現はる

秋の人山に住まねど心にはほのかに苦き菊の香ぞする

みづからを捨て萬葉に附く歌も咎むべからず我れもせしこと

言譯《いひわけ》の手紙は長し戀人の短き文に似るべくも無し

若き日は始もあらず涯《はて》も無しわれ手繰《たぐ》るなりロザリヨの如

年わかき男同志が肱を把り入日に來る黒き影かな

忘れたる話をするも忘れ得ぬ涙ながすも似たる若人《わかうど》

いつ見ても同じ印をば坐して組むわが佛こそ哀れなりけれ

人間のわかき盛りを後にして見れども飽かぬ薔薇の花かな

心には四十九年を愧づれども頰《ほ》はまた紅く染むべくも無し

あさましく自ら歎くことに由り身の瘦せゆくも哀れなりけれ

雜草も或る所まで空に伸び七月にして早くうなだる

船の繪を描けば必ずをさな兒は舳先《へさき》に置きぬ紅き太陽

百ほどの歌を端《はし》より消しゆけば殘り少なし我が命ほど

地震《なゐ》きたる汝のなかの原人を失はずやと我れを試《ため》して

（以下關東大震災を詠む）

子らを抱ききつと自然に抗《さか》らひぬ籠よりもろく搖るる家にて

地震《なゐ》すこしたぢろぐ如しこのひまに家を出でよと呼ばはりにけり

子ら無くば地震《なゐ》のなかよりふためきて我れ見苦しく逃れたらまし

大ぢしん東京人を一せいに乞食のごとく土に坐せしむ

土にゐてはらからのごと物言ひぬ地震と火より逃れこし人

搖れに搖れ海より險しあらあらし大地も人につらき日となる

土手の木に蚊帳つりわたし草にゐて燒くる都をまもる人の目

人叫び燒くる都の火のうへに白き髑髏《どくろ》をさしかざす月

南信の雪　一九二四年（大正一三年）

旅人に若き主人《あるじ》の指させる山みな雪を被《かづ》かぬは無し

（浅間溫泉にて）

青空に穗高、乘鞍、槍ヶ岳みな現れて白き朝かな

大いなる炬燵の上に親と子が打ちひろげたる山の地圖かな

幾重にも雪の光れる槍ヶ岳穗高のうへに靑き空かな

つつましく山を拜みし古の人心にもなりぬべきかな

蝶ヶ岳つばめが岳の名はあれど山みな白く雪けぶりする

澄みとほる心の上の詩の如く雪をいただく常念ケ岳

田を越えて雪をかづける遠山の頂多く見ゆる朝かな

ひるまへに蝶ケ岳よりさらさらと粉雪の降りて日のさせる畑

空遠く飛驒につづける雪の峰けはしく高し我師にも似て

十ばかり藍とセピヤの線を引き末の子が描く日本アルプス

雪しろき幾重の山を渡り來て淺間の宿の戸を鳴らす風

一《ひと》ところ雲を洩り來る冬の日の下に明るし松本の城

山山の雪をながめて返す目に青くぬるめる女鳥《めと》羽川《ばがは》かな

風無くて蝶ヶ岳より蝶のごとをりをり散らす晝のうす雪

雪載せて空に動かぬむら山の縛《いまし》めをさへ解くよしもがな

山を見て打默したるわが姿瘦せたるのみぞかの山に似る

人知らぬ苦しきことを負ふ身にも比べて山の雪を思ひぬ

筑摩より急ぎて諏訪に越えつれば唯だ見て止みぬ伊那の片はし

（諏訪にて）

川ちかく長き丁字《ていじ》の柵ならび葡萄のおち葉霜に重なる

正面の雪黒くして背の光る諏訪湖のうへの曉の富士

大いなるまろき不思議の靑き紋地に一つあり諏訪の湖

雲過ぎて日かげ變れば柔かに湖上の山の黄ばみたるかな

蘆枯れて細き箱舟三つ眠る角間《かくま》の川の落口《おちくち》の沙

なつかしく古りし欅の間より路はつづきぬ諏訪の城あと

太き輪のゆるく過ぎたる跡殘りみぎはに黄なる冬の草かな

炭竈の青きけぶりの立ちなびき夕山寒しみづうみの西

沙ぼこり廣き大手を城あとへ馬のけしきに馳せ通る風

石を置く木《こ》けらの屋根の紫を越えてひろがる青き湖

夜となれど湖水の明りしばらくは白楊の木に消えやらぬかな

たそがれの湖を見るわが影に枯れてまじりぬ一むらの蘆

聲斷えて更けたる街のともし火のほのかに濡るる諏訪の湖

たそがれの水明りより吹く風にうら枯れながら鳴れる蘆の葉

人の身を山の境に來て置けど愁は消えず雪にあらねば

諏訪の街まれには一つみづうみに向ひて開く門もあれかし

夕闇に隱れたれども一ところさざ波ひかる諏訪のみづうみ

路暮れて諏訪のみぎはにつづきたり桑の立枝《たちえ》の冬枯の中

遠山の雪のいただきその前に黄なる草山あをき湖

城あとの石垣に立つわが袖を諏訪の水より風きたり吹く

わがこころ牛にひとしく今朝放つ諏訪のみぎはの草山の上

風吹けば冬を憎みて畑に立つ桑も弓をば張るけしきかな

諏訪の山かげろふ立ちぬ紫の坂の石にも黄なる草にも

川のもと湯の噴く井《ゐ》あり鍋などの打ひたされて猫柳さく

冬晴れて刈田の上の石垣に日のあたりたる諏訪の城あと

城あとの木立に近く三味鳴りて朝より晴れぬ湖の街

上諏訪を少しはなれて目に白し中空にある蓼科の山

山の風こころに霜を吹きつけぬ我れをも見るや枯れし木立と

雪白し冬に枯れたる落葉松《からまつ》の林のうへの蓼科の山

雪の峰青き水をも眺め來て今日の明るき我が心かな

越佐遊草　一九二四年（大正一三年）

天の門ひとつ開けて前にあり美くしきかな山に立つ虹

（赤倉にて）

妙高の山に降りきてまろき虹しばらく天の榮光を描く

山をして海たらしめし茅原《かやはら》の風しづまりて夕燒ぞする

しづかにも夕《ゆふべ》の草の動かぬは山厚く著て寝ねんとすらん
山かげの軒端は暗し裾原の低きに燃ゆる夕やけの空
四方《よも》の峰みな黒くなりゆふやけの明りを殘す高原《たかはら》の草
山のかげ軒より入りて冷やかに赤倉の里たそがれとなる
そことなく水の音して灯の一つ秋のここちに點《とも》る高はら
戸あくればやがて朝より風滿ちぬ妙高の原わが軒を載せ
杉のうへ關田峠にのぼる日のますぐに照す山の軒かな
ひとむらの杉の大樹《たいじゅ》の立つ外は青くかたぶく妙高の原

はろばろと頸城平《くびきだひら》に雲匍へり我がある山の朝風のもと
山の客しろき袂をひるがへし緑のうへの風に吹かるる
晝となり赤倉の原蔭もなくこなおしろいを散らしたる草
にはかにも我がある廊の風變り戸隱山の雲よりぞ吹く
あけがたのものを思はぬ静かなるこころの上の妙高の山
太き手を雲より出だし妙高をつかみて隱すゆふだちの雲
妙高の雜木の原に聲をもて夕露を置く山ほととぎす
無口にて敷島を吸ひ山を見る我が秋津こそ大男なれ

赤倉の高き茅原たばこの火ひとつひかりて夕闇となる

一人づつわづかに行くを許されて路はめぐりぬ切厓《きりぎし》の上

（鬮温泉にて）

駄馬ひとつ立ち塞りて路絶えぬ雲のなかなる鬮の湯の山

切厓に木を横たへて段とせし荒き山をも君と行くかな

つつましく人の語るに似もやらで山鳴りぞする鬮の大瀧

鬮の湯の溪の上をば馳せとほる天馬の氣息《いき》の早き霧かな

盥にも似る蕗の葉のかたぶきて深山に殘る大雨のあと

霧しろくたえず降りくる高嶺にて首長く伸べ草を食《は》む馬

うしろより我れを吸はんとする如し追ひ來る如し妙高の颪
（野尻湖にて）

そのなかに野尻の水の紫す山ことごとく雲を支へて

鴨跖草《つきくさ》を摘みて浮べししろがねの華盤《はなざら》のごと見ゆる湖

小さなる銀のうつはの七寶《しつぽう》の古りし哀れをもてるみづうみ

颪出でて野尻の水の錫箔の上をすべりぬ桃いろの舟

しら樺の二もと瘦せて立つみぎは舟出で去りてさざ波の寄る

四五人が汗を入れつつ立ちて聞く一茶の墓の松山の蟬

そこまでは我が父も來しなつかしき高田の街に寄らで行くかな
（新潟へ向ふ）

たたずみて煙草の火をばつけかねし人のみ黑き磯の上かな

鱶の血に染まれるごとく船五つ入日に竝ぶ直江津の沖

をちかたに桃の實一つ流したる海かと見えて日の落ちて行く

直江津を夜明けに立てるわが汽車が蒲原の田に投げゆく煙《けぶり》

大海のあかるき日にも雲たちてわづかに見ゆる米山の肩

時無くて人にも逢はずおほかたは山と水とにかかはりて行く

青雲の上に彌彦《やひこ》を遠く見ぬ行きて小雨に濡れましものを

そのむかし萬代橋を渡りつる我れにはあらで髪まばらなり

（新潟にて）

うつくしき柳と橋の街にきぬ阿蘭陀《をらんだ》ならぬ荒海のうへ

橋あまた柳のなかにかくされて水ある街の夕月夜かな

松かげの軒ふかくして舞姫の帯の動くも涼しきゆふべ

船の鐘鳴れば躍りぬ笑ふべし二十歳《はたち》ばかりの心のこれり

（佐渡に向ふ）

しろき船バル・タバランの夜のごとき光を放ち川口に浮く

海青く船をめぐりてひろがりぬわが心にも暗き波無し

海に出づ海のうへなる涼風《すずかぜ》にこころを放つ昨日《きのふ》を放つ

見おろして白き舵樓に立つ人の我れに言ふこと風半ば消す

青海の眞中に來れば西のかぜ飛魚を吹き秋すでに立つ

わが船のしろき舳先にあらはれぬ遠しとしたる佐渡の嶋山

その上の黑きかたまり船を見て皆手となりぬ嶋の棧橋

（佐渡にて）

杉古りて七かかへある根がたより山の石段千尺くだる

杉立てる長谷の御山の堂の隅くらきに坐り夕ぐれを愛づ

いにしへの千日姫は知らねどもおもかげならん桃色の塔

蓮華峰寺《れんげぶじ》古りし五栥のあひだより天人が吹く王朝の夢

海べよりやや奥まりて松かげにしばらく白きみささぎの路

文三がしろき袴を著けたるも悲しくなりぬ眞野の山路

めでまし都わすれと云ふ草を眞野の浦人知るよしもがな

みこころは讃岐の院に反對《うらうへ》す御抄《みせう》は成りぬ島のあけくれ

何ごとぞ三たりの天子三ところの邊土《へんど》に離れ歎きたまへる

ひんがしに悲しき歌のあることは佐渡の帝に誰れかまさらん

何故に御抄《みせう》は成るやひそかにも定家《ていか》の流《りう》に服したまはず

家無くて浪の音しぬ海見えぬ眞野の入江は此處と云ふなり

わかくして二十《はた》とせあまり眞野の浦かかる浪のみ見そなはしけん

眞野の浦御船《みふね》の著きし世の如く猶かなしめり浪白くして

たちまちに我れの涙のまじりけん曇りて見ゆる眞野の浦波

長坂をゆふべの海へくだる時こころナポリの裏町に出づ

ゆかた著て紋平坂に立つ人もその石段もしろき夕ぐれ

相川の紋平坂にひとつ點《つ》く灯よりいよいよ山黒くなる

相川の月てる磯の沙にゐてかく語らふもひと夜なるかな

夕燒のあかりのなかの岩を見て船よりぞ行く吹上の濱

夕浪が白きふちとる大岩のひらたきうへの初秋の月

四五軒の嶋のくるはのをぐらきに夜となり細き絲を引く蟲

高田屋の三階にゐて語らへば月も下《お》りきぬ春日崎まで

青根と松島　一九二四年（大正一三年）

初秋の白石川を北すれば山かさなりて我が道に立つ

（青根にて）

白枯《しらが》れて一むらの木の立つところ山傾きて笹原となる

雲間なる藏王岳《ざうわうだけ》をさせる指溪の朱實《あけび》を濡れて摘む指

笹生ひて肩を隱しぬ山風は我れの髮をも笹として吹く

路ほそし人より高き熊笹に山を行けどもまた山を見ず

杖立てて唯仰ぐのみ藏王《ざうわう》の青きを雲のうへに失ひ

ほのかにも川音川の末ひかる青麻《あをそ》の山を出でし月ゆゑ

湯のいづみ廣重の繪の瀧に似て落つる青根の山の石ぶろ

石ぶろの石も泉も青き夜に人とゆあみぬ初秋の月

山と山秋の夜寒に抱きあへば黑きが如し鐵のかたまり

原人《げんじん》も我等も等しおどろきて海より昇る日に見入ること

行くほどに奥の細みち出であひぬ白石川の初秋の水

うつくしき名取の川を今日こえぬうき名あしき名とり盡し來て

松島の海の初秋いかならん千賀の浦より船してぞ行く

（松島にて）

うかびつつ五百の牛の遊ぶ圖を木炭に描く松島の海

たちまちに松立つ島のなかに入り我船もまたしら鳥となる

島をもて船となしたる海ならん松を載せつつ青し百艘

松島の沖の夕立あわてたる帆一つありていなづまの打つ

磯の月松島寺に晝見たる羅馬の使者のギヤマンの燭《しよく》

石山より宇治へ　一九二四年（大正一三年）

もの云へば吉備の敦夫は聲高しその寂しさを遣《や》らんとすらん
（石山にて）

かかる夜のまた有りなんや石山の月てるみぎは打むれて行く

豐彦と齊《ひとし》の肩のてらされて我がまへを行く石山の月

ゆるされて石山寺の小門よりくぐり入る夜の白き月かな

月は我が今宵のほとけ信無くて石山寺に立つと思ふな

石山の石のきざはし塔のもと月夜に靑き水の靄かな

寝ね難し月は山べに傾《かたぶ》けど瀬田の夜霧の胸に沁むらん
とく起きて石山寺の前に踏む昨夜《ゆふべ》の月のあとに置く霜
おのづから石の屛風の立つ山にならぶ御堂のまろ柱かな
あかつきの瀬田の水より立つ靄に光りてきたる白き川船
黄ばみたる柳のかげに沙よりも一きは白き水明りかな
けしきほど波しろく立て石山の秋のみぎはをはなれ去る船
南禅寺ゆふべの松の靄を出て都ホテルの灯の下《もと》を行く
（京にて）
川端に芝居ののぼり立つなかを行けども寒き秋の京かな

ひと目見て御所の木立の秋のいろ身に沁む京の心なるかな

袖かさね明るきなかに身じろがずしら菊に似る京の舞姫

さかづきはめぐり言葉は多けれど京の一夜《ひとよ》の酔ふべくも無し

（宇治にて）

水のうへ鳳凰堂にのこりたる王朝の朱のほのかなるかな

をさなくて茶の木畑にあそびしは宇治の何處《いづこ》ぞ母の里方

ちかく來て十三塔の石づたひ浮島の洲にひろがれる月

更くるまま水さかしまに立つと見る白き月夜の宇治川の塔

宇治に寝て水と月とに澄みとほる心のうへのあかつきの鐘

諏訪冬景　一九二五年（大正一四年）

いそがしくさなもてなしそ旅人は少しく物を歎《かこ》つ間も欲し

はづかしき丹前すがたふところ手湖水を見んと畔路《あぜみち》を行く

丹前を二つかさねてふくれたる男のまへの諏訪の湖

粗けづり諏訪の御はしら尊きも飛鳥以往にかへるすべ無し

溝の草氷を抱きて光りゐぬ我がたのめるもそれほどのこと

みづうみへ諏訪の小川の入るところ平たき沙に舟ありて朽つ

下諏訪の社の太皷わが歌を催すごとしまた筆を執る

千里をも遠しとなさで走《わし》り出づ天龍川のおちくちの水

肩寒し旅の閨にも入り來るやゆふべに見たる蓼科の雪

硝子ごし障子のなかにわななきて炬燵を抱けば枯れし山見ゆ

山の坂氷を敷けり戀ゆゑに逐はるる時のきざはしならん

荷ぐるまを負ひつつ二人《ふたり》鹽尻の氷の坂を越すは誰が子ぞ

うちなびき枯れたる芒そのうへに穗高、乘鞍、山しろく乘る

さくさくと山に雪踏むわが靴が獸《けもの》の跡をのこして凹《くぼ》む

枯すすき峠の上の晴れたるに風は穂高の雪よりぞ吹く

むら消えの雪のうへにて吸ふ煙草穂高と同じ高さに煙る

乗鞍は芒に隠れから松の枯れたるなかに諏訪のあらはる

口重に諏訪の金吾が語ること氷柱《つらら》のしづく解くるが如し

うつくしき竹子の唄の流るれば凍らんとせず諏訪の湖

枯れながら、かの青き木の知らぬこと、氷柱を抱きて光る茅草

浴室に書も隣の三味ひびく我が旅今は魯に遠きかな

木曾節のよい、よい、よいと云ふ囃こころに殘り下諏訪を立つ

雪高く青き大氣にひかりたる蓼科の山及ぶべからず

折折の歌　一九二五年（大正一四年）～一九二六年（昭和元年）

わが園は人の肩より草高し坐れば上に空ほそく見ゆ
（荻窪采花莊にて）

雜草のなかに坐りて夏を嗅ぎわが目は光る虻の歌にも

園のぬし雜草のみを茂らせて朝つゆに立つ夕つゆに立つ

草の上の夏の日あたりわが影とあれち野菊の影と斜す

草の上に小屋を造りてその草も主人《あるじ》も早くうら枯れを待つ

草遠く濡れて動かず武藏野の上にくもれる陰影《かげ》の涼しさ

草の色まだらを成して柔かに光れるうへの武藏野の雨

むさし野のわが軒の西雨の日も草の葉末に白き空おく

竹なびき雨雲ちかく降《くだ》るなどおもしろきかな武藏野の中

空と草軒を繞りて夏涼し痩せて我が在る武藏野の家

わが園は草のみ深し路は無し唯だ來るものむら雨と月

おのづからあるに任せて我が住めば軒に及びぬ武藏野の草

しら露も高き草より散るときは代りて泣けるけしきなるかな

＊

みづからのたづさはること大方は心の外になりもゆくかな

嫌ひなる茶の色も著る匿名の批評、チブスの注射をも受く

むすめたち端近く居て墨をするそのかたはらのあぢさゐの花

三ときほど海に吹かれてくさめして立てば膝より沙のこぼるる

他を見つつ咎むるこころ猶すこし我れに残るも哀れなるかな

みづからを焼く火ひそめばみづからも手を触れずして怖るる心

七月のひろ葉を叩くしろき雨深山と思ふ朝の軒かな

きりぎしの下《もと》に路あり海を見て肘をつくべく白き石垣

かかる歌おりおり詠みぬ愚かとは我れを云ふらん如何に秋風

二つある一つの我れも悲めば今は抱だきて寒く澄み入る

引きずりて父の前をば行けるより桃色も好し末の子の帯

書齋の書また取り亂し讀むほどに友を迎へて延《ひ》く方も無し

*

君が子と我子と住まん新しき光の世界今日に創まる

（娘の婚筵の日に）

わが少女人に祝はれ今日嫁ぐ親が忍びし戀に似ぬかな

嫁ぐ子の後ろを見つつ喜びにその母の目も泣けば美くし

薔薇をもて若き妹聟《いもせ》の手に置けば人と花とを分ち得ぬかな

よき夫子《せこ》と白き衣《きぬ》引くわが少女堂に入る時ミサの鐘鳴る

旅景雑詠　一九二五年（大正一四年）～一九二七年（昭和二年）

海あせて地震のあとの岩ぞ立つ憂きこと早く古《いにしへ》となれ
（三浦三崎にて）

嶋の土くろぐろとして大海の上に載せたり菜の花の畑

わが手をも春風吹くと思ふらん撫づればそよぐ切厓《きりぎし》の笹

水仙の束君が手に成るを見て城が嶋よりまた船に乗る

さびしさを懐にして行くほどに路は淺間の高原《たかはら》に入る

（信濃路にて）

山に來て物を憎まず晝寢しぬ頰《ほ》にも脛《はぎ》にも蠅をとまらせ

裸をば山の大湯の板じきに我れも横たへ聞く泉かな

山國の諸國ばなしを聽かんとて溪の板屋の外湯にぞ行く

吊橋に二つの峰をつなぎたる百尺したの松川のおと

柄杓《ひしやく》にて熱きいづみを身に浴びぬ深山の宵の明星のもと

藥草を掛け連ねたる軒すだれ夜明の山を入れざるは無し

そのうへを夕立雲の黒く壓《お》し山の重さの加はるゆふべ

湯の山のうらの通りの厩より夕やみを見る大馬の首

ふきぬけの五色のごとき虹立ちて猶雨ながら山明りゆく

午すぎの空氣おもたくけぶりたる草地の上に山趺坐《あぐら》くむ

山も野も黑き夜にしてほのかなる千曲の川の水明りかな

おくやまの氷川まつりの里しばゐ筏師、木こり、馬方もする

（氷川にて）

童にて吉備の山邊に物を讀み吸ひし日おぼゆ稻の穗の風

（奥羽に遊びて）

鳥海も羽黑も見えず秋の雲出羽を白くし雨寒く降る

汽車にゐて薄着を歎くおそらくは妻に好からじ出羽の秋雨

今日の日も古事とせずかなしきは鹿角《かづの》の國の錦木の塚

込みあへる誰が上衣にもしづくして大館の驛雨の吹き入る

稲の香と內の湯の香としめやかに鹿角の秋をわが閨に置く

風ぐるま近き棟にてひひと鳴り山の夜あらし湖に入る

みづうみの上なる山の秋に寝て身も橡《とち》の木の冷たさを知る

山に來て山の葡萄をあましとす露霜に沁む心なるべし

しら雲と水のけぶりとまじりたる十和田の秋の朝ぼらけかな

淺蟲のいで湯は熱し水は無し湯の冷めゆくを待つ夜寒かな

大寺の假の御堂のみほとけと唯だ一重なる我が旅寝かな

潮落ちて入江の底のあらはせる一里の泥にうつる磯の灯

（武藏金澤にて）

あらはにも松立つ堤板の橋海をつなぎて雨さむく降る

潮落ちて春の夜となり幾すぢの水脈《みを》ほの白き平潟《ひらかた》の泥

奥箱根地震に裂けしきりぎしのあらはなるまま冬枯となる

（箱根にて）

山の土つやつやとして黒く濡れきやべつの花の霜柱立つ

日は西し大涌谷に立つ靄のひとときは白く山寒くなる

火を焚かぬ鼎のごとし靑錆びて箱根をめぐる冬枯の峰

冬枯の前の木立に雪うすくのこりて山に入日するかな

みづうみを抱きて日を受く冬枯のまろきすすきの丘のかたまり

みづからの小さき心を投げ出だし山に遊べば山に従ふ

わが窓に明神が嶽鷹巣山くろくかたまる星月夜かな

しづかにも心の奥にある落葉今日は香りぬ山の落葉と

山重く右ひだりよりなだれ來て谷を挾《はさ》めば湯の迸《ほとばし》る

日あたりの窓の硝子にあつまれる冬の木立と明星が嶽

滿蒙遊草　一九二八年（昭和三年）

船にゐて兒らの上をば思ふにも哀れなるかな瀬戸の夜の月

四ときほど門司にとどまる我船に歌びと秋津三池より來る

若きより相知る秋津船にきぬ假の別れも惜しきなるべし

玄海にさしかかるとき船を追ふ小雨も人の泣くごときかな

海に來て心を放つはて知らぬ海となれかし空となれかし

朝鮮の南の嶋のあひだより我船と行くありあけの月

アカシヤの綠の蔭の赤き土旅のこころに柔かきかな

（大連にて）

はて知らぬ草に坐れば放たれし馬のこころにかはりゆくかな

大連の港のうへの草山に桔梗の色す初夏のかぜ

蒙古かぜ大連を吹き海暗し掩ひかぶさる自然のちから

沙まじり蒙古の風の吹く街に落ちつかぬかな我れも柳絮《りうじょ》も

ゆくりなく高き胡琴の音のなかに今日啜り泣く我れを聞くかな

細ながき支那の竹箸長江の畫舫《ぐわはう》の棹と思ひつつ採る

いろいろの異國の煙草まさぐりて戀する日にも似る甘さかな

大連のアカシヤの街ただ少しこころを濡らす朝露もがな
日かげなる老鐵の山くろくして細き眞晝の港口光る
（旅順にて）
沙漠より掘りつる唐の人形も細く痩せしは詩人なるべし
千とせ經て沙より出でしミイラさへ猶煩はし人の來て觀る
しら玉の名は美くしき此の塔も見よ踏みたるは萬人の骨
路轉ず青き入江を前にして山の高きに白き塔立つ
海を見て棧ひとつ無き硝子戸の廣き不思議に坐る夕暮
南山にあやめ花さく戰ひて歸らぬ子らの夢と思はん
（南山にて）

野の土とおなじ色する支那の壁柳の立ちて單調やぶる

わが車柳絮《りうじょ》と共に金州の南門に入り東門に出づ

寢宮に妃《ひ》と遊ぶ日の神の像かたへにするは琴と詩の巻

沙立ちてしばし面《おもて》を向け難し地獄の相《さう》を觀る寺の門

肥えたるを唯だよしとする豚《ゐのこ》のみ知れる人にも行き逢へるかな

（熊岳城にて）

渤海に續く大河を見送りて初夏に立つ城壁の上

鍬打ちて天を樂む人のため天につづける滿洲の畦《うね》

初夏の熊岳河《ゆうがくがは》の蘆の葉を支那の粽《ちまき》は三角に巻く

遠く來て熊岳河の沙の湯に打任せたる我が心かな

野のうへの望小山《ぼうせうざん》の裸をものどかにしたる柳と朝日

われの觀るこの日も後の萬年も遼河は濁る善惡《よしあし》の外《ほか》

わがために仙人臺の岩のもと山寒ければ火を吹く童子

千山の荒き岩間のすずらんとリラを合せてつくる花束

（千山にて）

千山に道士と語り我が吹ける煙を恐る雨とならぬか

面《おも》痩せて目の澄みたるも芥川龍之介かと覺ゆる道士

もだしたる遼陽の塔この白き明りのもとに立つことも好し

遼陽の獄舎掃かれて淸けれど猶かなしきは窓の金網
外目《よそめ》には阿片の夢に醉ふ人も寂しげに寢て別の事無し
とがりたる五龍の峰を上に見て沙河《しやが》の柳に近き窓かな
沙河のもと釣り得て草に置く魚も夕の月もほの白きかな
しばらくは我れの車を追はんとし柳の上に動く白塔
酒をもて手をも洗ひぬ内蒙古今日行く路に澄める水無し
灰色に一里四方の城立ちて彼方に黃なり沙に沈む日
ひとり行く旅路の如く洮南に立つ沙けぶり我れを遮る

遠く行き經は負はねど詩を負へり蒙古の沙よ我を埋むな

沙立ちて銃聲起る一群の支那兵わしる蒙古狗吠ゆ

沙に匍ふ小さき蜈蚣《むかで》我が汽車は洮兒《タオル》河より更に西する

沈まんとして暫くは血を流し廣き蒙古の沙に坐る日

（齊齊哈爾に赴く）

天の川しろし五月の宵ながら齊齊哈爾《チチハル》の沙こほろぎの鳴く

夫人たち柳を折りて乘りたればほのかに靑し嫩江《ノンカウ》の船

嫩江の月夜の船を橫ぎるは我が旅のごと遠く行く雁《かり》

嫩江の靑き月夜の船にある李夫人の顏わが妻の顏

嫩江の宵のみぎはに踏める月更けて蒙古の沙に入る月
（昂々溪にて）

ハルビンの夏の夜がたり盡きねども三更にして夜の白みゆく

踊りつつ夜明に及ぶキヤバレエも人事として見て遊ぶわれ

國ひろしハルビンの人咎めねば踊りて朝に到るならはし

踊場を出でて歸れば石だたみ楡《にれ》を通して夜の白みゆく

初夏の路ひろくしてやはらかに楡を出でたる白き尖塔

いにしへの肅愼《しゆくしん》の國河長し山みなまろし野に柳立つ
（吉林にて）

松かぜに消えんを恐る美くしき夢のけしきの北陵の宮
（奉天城外の北陵にて）

北陵の石の駱駝に倚りかかり暫く何を思ふとも無し

北陵に立つ石の馬石の象いよいよ山を静かにぞする

若くして異國を恐れ遠く來て今日この頃は故國を恐る

（奉天にて）

はろばろと柳のもとに沙赤し我が車をば焦がす日の色

咽びつつ杜鵑《とけん》晝啼きこだましぬ鷄冠山のくづれたる廓

かなしみて鷄冠山を下りきぬ勝つこともまた傷ましきかな

（旅順にて）

四角なる玻璃の燈籠かける繪は民國の世も貴姫と牡丹と

（大連にて）

霧島の歌　一九二九年（昭和四年）

薩摩路の眞夏の山に盛り上がり汗かくごとく光る樟の樹
（鹿兒島にて）

城山の宿の二階を明けはなついざ櫻島朝の座に入れ

城山に目白《はなし》を捕ると囮《おとり》掛け待ちし樟原長《た》けにけるかな

いつの世も新しきこと是に似よ薩摩の殿のギヤマンの壺

いにしへの大守の庭に海を見て佇むこころのどかなるかな

巖の影此の樓にして見るけしき鹿兒島灣を三角に切る

わが萬里山の重味を持つ君と共に薩摩を行かぬ寂しさ
母戀ひてむかし眺めしさくら島年經て見れば母かとぞ思ふ
高千穗の山の力に外ならぬあらき湯瀧に打たす我が肩

（霧島にて）

夜の更けて月とむら雨《さめ》そのほかに遊ぶもの無き霧島の溪
大浪の池の岩垣そのなかに鳴きて反響《こだま》す山ほととぎす
きりしまの深き林は斧ならで杜鵑《とけん》の聲に楠の露ちる
石荒き蝦野が原に噴く琉黃鬱金《うこん》の布を干すけしきかな
あら山や琉黃のけぶり湯の小川すすき燒石板ぶきの小屋

きりしまのしら鳥の山青空を木間《このま》に置きてしづくするかな

ほそぼそと黒き木立ちてその彼方水あるらしき夕明りかな

湯に打たれ荒木の小屋の片隅に足座《あぐら》を組めば溪白みゆく

大きなる霧島山の抱く空にのこりて白しありあけの月

わが道にしら雲多し高千穗に昇るは天に昇るなるべし

高千穗の道にて赤き蛇を打つかかる事して善きや惡しきや

都にてうなだれてのみ在りしひと高千穗に來て長き杖振る

ためいきす戀の難儀とことかはり今日高千穗の峰ゆきてわれ

高千穂は人も行きける山なれど我が行く時は雲荒く立つ

踏むたびに高千穂の沙くづれきぬ我れを拒むや我れを試めすや

高千穂の坂に幾たび我れすべるその沙に立つ草に如《し》かぬか

そのむかし父も越えける高千穂の神の御坂と思ひつつ行く

高千穂のけはしき坂を行く我れの荒き汗ちる焼石の上

高千穂の馬の脊ゆけば雲多し馬の脊ならず龍の脊ならん

高千穂に在りて歌へば我が聲を雲吹きちぎり中空に置く

たそがれて猶青めるは高千穂と韓國が嶽その外は雲

高千穂の急なる坂を大股に人馳せ下り鳴りひびく沙

きりしまの森のしづくに我が妻が禰宜より借りし高足駄かな

黒ぢよかの古きを得たる樂しさよ輕く叩けば磬《けい》の音《ね》ぞする

縣の知事われを醉はしむいにしへの入蜀記《にふしよくき》にもある例ぞかし

開聞《かいもん》の峰黒くしてそのもとに松斜めなる白き磯かな

（指宿に向かふ）

ここ過ぎて屋久の島にも越えてまし便はあらずや潁娃《えい》の釣船

開聞のほとり迫平《せひら》の松にあり屋久の島より吹き送る秋

いつしかと沙湯の人の歸り去り天の川のみ白き磯かな

孔雀椰子たかく美くしこの蔭に我れ若くして立つ由もがな

沙上の草　一九三〇年（昭和五年）

風おちて山房の夜のしづまれば一心となる人と萬木《ばんもく》

ひと夜きて泊る是山《ぜざん》を法師ぞと子らの思へる寒き家かな

萬里きて犬のかはりに鵞鳥をば飼ふ話などのどかなるかな

序に出でて大詰に出ぬ端役《はやく》をば悲しむ者はその端役のみ

磯寺の竹のはやしを通す雨しづかに聞けばまじる浪おと

いさり火を硝子に入れて夜となりぬ磯のホテルの春の浴室

妻《め》に別れ白髪さへ見ゆしかれども旅を語れば若きをとうと

＊

高梁《たかはし》の街のしらかべ杉竝木まへの川原も朝の霧ふる

（備中高梁にて）

島となり霧に動けるむら山を城に見下ろす人と天つ日

山に來て荒れたる城を見ることも秋の心にふさはしきかな

人眠り騒音止みぬわが船を流るるものは風と月光

（八丈島にて）

甲板に寝て人の世の夏も無し天の川より吹き下ろす風

島の山夜明けの雲にみな消えて磯に殘るは溶岩と浪

島の唄戀にまじへてほのかにも江戸を蔑《な》みする心あるかな

颱風を沖遠く追ふ形して島の女の打つ太鼓かな

悲しくもすべて流人にかかはりぬ八丈島の廳に讀む書《ふみ》

富藏の八丈の記も尊けれさびしきなかに樂めるかな

くろぐろと八丈富士を根としたる天雲《あまぐも》を見てその麓ゆく

晝見たる島の濱ゆふその花の追ひ來る如き船の月かな

なつかしき信濃の山をまたも見る漢魏の集を讀み返すごと

（輕井澤にて）

鳴る溪も碓氷を越えて飛ぶ霧も我が知らぬ世に行くここちする

しづかなる今日の心にささやくは深山の溪の初秋の風

都にて軒より聴くにことなりぬから松の葉を山に打つ雨

しら樺と月見草とを軒にして残れる山の夕明りかな

月見草黄なるかなたに山黒し薄月夜とも云ふけしきかな

饅頭を蓮のひろ葉に盛る上へ青田の風の吹き通るかな

（横濱近郊にて）

猶しばし海の明りに筆とりぬ暮れし岬の松かげの椅子

切崖の松より上に笹しげりその笹の葉に海青く乗る

横濱の山の手の灯の美くしき上に毬をば蹴上げたる月

紺青の重たき上にべにを盛り淡き黄を置く海のあけぼの

山に見るみづうみの島たそがれて霧に泣びぬ寄る舟のごと

（一碧湖畔にて）

秋の山しづかに四方《よも》を黒くしてなかに光りぬ月と湖

みづうみの小島の岩にしだれたる短き幹の柿もみぢかな

＊

歌ひつつこの日に到るかへりみて樂しかりけり白髮するまで

うちつれて萬里を初め友ぞ來る三十年の歌のならはし

やさしくも聲を三ふしに切りながら水ある方の草に鳴く蟲

木下路朝じめりして入りまじる櫻のおち葉馬の足あと

若きよりわれみづからをいとつらく懲らし鞭打ち痩せにけるかな

大きなる石にあたりて散る木の葉夕は寂し山ならねども

わが妻が羲之を習へるひと間よりほのかに墨のかをる初秋

秋の來て習ひとなりぬもろ肱を冷えし机につきて讀むこと

草のなかひとり驚く蟲ありて一すじ濁る秋の水かな

みづからは命を賭くるわざながら無聊の故と人思ふらん

筆とりて心をどれば稀に聞く言葉のごとし我が歌ながら

山陰遊草　一九三〇年（昭和五年）

師の大人《うし》をともに語れば清春《きよはる》も寛《ひろし》も若くなる心かな

峰山の朝の市場のたのしさよあやめに竝べ白き烏賊《いか》賣る

あかねさす與謝の入江のあけぼのに皷と聞こゆ船のひびきも

渡るとて心をさなくときめきぬ與謝の久世渡《くせど》の第一の橋

橋立の久世渡こゆれば青みたる海二つ見ゆ松の洞《ほら》見ゆ

橋立の松かげの井に手洗ひぬ和泉式部もせしことならん

うちがはの海たそがれて猶しばし與謝の岬の黒崎ひかる

與謝にある撞かずの鐘の寂しさよ撞く人無きや聞く人無きや

手拭をさげて外湯に行く朝の旅のこころと駒下駄の音

我れながら高き沙丘をくだるとき獸《けもの》のあとの沙にあらはる

こころよく沙に附けたるわが跡も一すぢならず何思ひけん

霜葛《しもかづら》身もへなへなに岩こえて簸《ひ》の川上の荒きを渡る

戀山《したひやま》まことに誰をしたふらん淸き涙の岩こえて鳴る

しづかにも毒を服してのちに見る世界の色の朴の木の花

みづうみの中の淺瀬のさざ波は晝さへ月のさすけしきかな

八雲住みここに坐りてながめつる五尺の池にかきつばた咲く

美保の關磯よりやがて灯の見ゆる宵の社のまろ柱かな

地藏崎わが乗る船も大山《だいせん》も沖の御前《ごぜん》も紺青のうへ

男みな宿のゆかたの短きを著て行く磯のひるがほの花

初夏の朝の色なるうす淺葱《あさぎ》大山を出て隱岐にたなびく

大山の山ほととぎす殘りたる雪踏み散らし切崖に啼く

來て逢へる伯耆の端午まろき葉の山歸來《さんきらい》もて卷く粽《ちまき》かな

北陸の雪　一九三一年（昭和六年）

湯を浴びぬ黑部の溪に立つ山の一つの端《はし》のしら雪の底

美くしき九谷の椀に盛られたる黑部の宿の除夜の打《うち》蕎麥

立山の荒きむら山雪を載せ玲瓏として光る元日

正月に旅のこころをひたと抱く黑部の溪の雪と溫泉

雨ふりて雪の解くれば幾すぢも黑部の山の涙するかな

雨怒り雪を水とし猶足らず山の垂氷《つらら》を斧として投ぐ

水のおと兼六園にゆたかなり大樹のあひだ立つ岩のもと

とざしたる茶の亭如何に寒からん床《ゆか》の下より水の鳴らずば

屏風崎それに對して島屏風左に長し海まろく入る

一つ著く發動船を棧橋に湯の客の見る雪ぐもりかな

櫂とりて腰簑のひと出で來れば鴉分かれて洲の岩を去る

雨に濡る冬も七尾の荒磯に沿海洲の木を運ぶ船

ふと思ふ觀潮樓の先生をしら山の雪たかくけぶれば

遠く見て野に指させば指寒し尋さも添ふしら山の雪
吉野屋の番傘を手に雨を聞く薬師の山の椎がもとかな
山代の泉に遊ぶ樂しさをたとへて云へば古九谷の青
吉野屋の竹ある窓に山代の藥師の鐘を聞く旅寢かな
楓みな岩に落葉し岩も木も水に影おく那谷《なた》の冬枯
行くほどに那谷の木立のしぐれきぬ菅笠は無し岩に隱れん
歌よめば善寧《ぜんねい》法師ほほゑみて那谷の山べに猶いますかな
謙信の手慣れの琴を見て思ふ彼れの詩にある數行《すうかう》の雁《がん》

爐に添へて古九谷の瓶《かめ》先づ出でぬひじりの賜ふ那谷寺《なたでら》の酒

物とせず越の眞冬の荒海に衣《きぬ》ぬぎ放ち海女みだれ入る

海こえて吹雪を送る北のかぜ加賀をどよもししら山に入る

加賀領の舊記の端を讀める間に尺の雪積む圖書館の庭

冬の骨何にも見えて風のなか雪の鱗のさかだてるかな

翅《つばさ》ある白馬のむれを空に驅り吹雪ちかづくまたも一陣

大吹雪空をわたれば我がこころ知らぬ白峯《しらね》の頂に立つ

吹雪にも鞭をば感ずひしひしと我が怠りを打つ痛さかな

いざ出でて吹雪のなかに犀川を見んと告ぐれば妻もうなづく

雪しろき越のむら山かたはしを吹雪の奥に立てて日の照る

雪つぶてまた雪つぶて頰《ほ》に痛し越の北かぜ我れに戯《たはむ》る

鎌倉詠草　一九三一年（昭和六年）

海人の妻ぬれて衣《きぬ》干す焚火より煙のぼりぬ磯に一すぢ

移り去る世に比ぶれば猶久し沙に殘れる夜の波のあと

磯ゆきて長き沙踏む樂しさよ我が道はみな浪の洗へり

沙のうへ荒海布《あらめ》の莖の白枯れて細きに插《はさ》み吸ふ煙草かな

園のおく濱木槲《はまもっこく》の蔭となり海の入り來る白き裏門

あけがたの浪、通り雨、わたり鳥、みなあわただし皆おもしろし

しめさせる帶引きずりて我れも見ぬ沖より黑く鳥渡り來る

わか楓、楊貴妃ざくら、松の花、つつじ、一八《いちはつ》、鎌倉の山

海すこし隅の窓より入る外は松を滿たして靑き軒かな

立つ浪も思ひつめたるその刹那一轉するを忘れざるかな

江の島の橋の春かぜ人行きぬ世の一大事帽を抑へて

大きなる七つの紙鳶《いか》を浮べたる片瀬の濱の春かぜの音

行く春の鎌倉に來て君と見ぬ半日は書を半日は波

月の磯沙に影する我れを見て何の故ぞや涙落つるは

北遊詠草　一九三一年（昭和六年）

海峡を霧の滿たせば寂しさに吹けるが如し我船の笛

啄木よ汝も生きてありし日は人思ひけり石くれのごと

啄木は貧しきなかに書きしかどゆたかなるかな思ひつること

海峡を少し遅れて越えし雨五稜郭にて我が路に降る

駒が嶽雪の解くれば林にも野にも亂れて水わしり入る

駒が嶽うしろに曇り小屋だにもあらぬ長濱浪しろく立つ

札幌の大學の園路白し楡の木を出で楡の木に入る

正面に三角の山かたがはにポプラの竝木札幌青し

うす紅きひと重ざくらと白樺の若葉とありて冷ゆる溪かな

夜更くれば嵐に似たる水のおと下の溪間の樺の木にあり

行くほどにたんぽぽの花いつしかと車を圍む牧の奥かな

石狩の五月の牧の寒ければ茶に代へて飲む熱き牛の乳《ち》

渓の路人を濡らしぬえぞ松のしづく桂《かつら》の赤芽《あかめ》のしづく

かりそめの旅と思はず我がこころ層雲峡のしづくにも濡る

わが髪に小雨ちりつつ行く渓の七尺うへはすべて白雲

瀧しろく銀河を峰に懸くれども渓間は暗し萬木しげる

雨の雲ふかく垂るれば岩にある伐木《ばつぼく》ばかり白き渓かな

爐のもとに老いしアイヌが髯を撫で物言はぬこそ悲しかりけれ

酒飲みて死なんとも好し飲まずとも和人のもとに生くるすべ無し

あるは唯だ熊の頭《かうべ》と幣木《へいぼく》とアイヌの庭は春も花無し

われもまた和人のひとり憎しともアイヌ思ひて見送るならん

がす白く海より降りて寒き野にアイヌの村の薄れたるかな

盛り上り皷の音す渓の湯は舞を忘れず憤《いきどほ》るにも

湯の渓の大地の底に何ものか足踏しつつ樂しめる音

わがこころ靜かなるかな北に來て渓に噴く湯も皷とぞ聽く

わが立てる卽涼山《そくりやうさん》のいただきの草のみ青き霧の上かな

有珠が嶽裂けし鼎の形して空青き日もしら雲の立つ

静かなる洞爺の水に浪しろく引きて行く舟わが妻と乗る

水ちかきホテルの窓に蝦夷富士の雲を出づるを待つ夕かな

わがこころそれと通へるものありて遙かに拝む蝦夷富士の雪

内浦の岬岬にあらはれて我れの帰るを有珠山送る

浪がしら磯に立ちつつ長萬部《をしやまんべ》ゆくも帰るも雨くらく降る

世に在りて寂しく笑みし啄木を更に寂しく石として見る

啄木の墓しろく立つ岩山の下の笹原うぐひすの鳴く

函館に別るる朝の山くもるこし日に見たる花すでに散り

函館をわが船はなる霧よりも旅のこころの寒き海かな

岩手山をりから西に日を負ひて半暗きも美くしきかな

つつじ咲く松の林のあひだより未だ植ゑざる山の田光る

百町の高木の田にも上りくる北上川の青き靄かな

近畿遊草　一九三一年（昭和六年）

むかし我が糺《ただす》の森のこの路を日ごと行きつつ聞きし木枯

下加茂の禰宜の若きが我父に歌問ひし世も消え去れるかな

行く方に首さし伸べて愚かなる我れをよろこぶ春日野の鹿

焼薯を辨當とせし先生にわれいたく愧づ奈良の中食《ちうじき》

木がくれの藥師寺荒れて南門も今あるは唯だ裏門に似る

あな暑し廣目天《くわうもくてん》よ鬼ならでこの沙にある夏を踏めかし

青空が御堂の屋根と柱廊《ちうらう》に横より入れる唐招提寺

わが汲める王子の驛の井の水を共に飲みけり妻も暑きか

汽車を待つ山伏のむれ貝を吹け暑き大和に降らせ夕立

雲立ちて信貴山ひかるかの山を跳《は》ねのけたらば風の吹かんか

運ぶこと慣るれば早し赤帽によく代るもの我れと龍男と

先づやどる高野の宵の淸きかな筧《かけひ》の音と紙の燈籠

板敷の涼しきにゐて暮に聞く金剛峰寺の山內の蟬

月に啼く佛法僧よ闇にある我等の名をも添へて呼べかし

時經たり大師覺めませ今の世は誰れも彌勒を身に分けて持つ

朝出でし高野を猶も思へよと涼しき夜かぜ紀の川に吹く

松立てる武庫のいただき馬のごと過ぐる風ある星月夜かな

わが船の立てゆく外に浪も無く涼しき沖の朝ぐもりかな

山溪雜詠　一九三一年（昭和六年）

河見えず黃なる蘆原ひとすぢの鐵橋うかび空遠く晴る

霧青くなびく大野を下にして筑波の宿をめぐる星空
（筑波にて）

唯二人たのみあへるは頂の深き雪をも唯だ二人ゆく

筑波嶺の晴れたる下に足柄の坂のこなたの八州かすむ

凍てし雪女體《にょたい》の峰に鏡して近づき難し朝の日ひかる

金刀比羅の二月の市に石岡の人さし覗くわが車かな

行く方をそこと定めぬ旅の身の今日は潮來《いたこ》の船宿の客
（潮來にて）
筆とりぬ鴨の羽おとに寝覺めして潮來の岸の寒き二階に
洲より成る田のあはれなり風吹けば片くづれして大刀根に入る
見て思ふ四月の溪にまだ咲かぬ櫻の木立法師のむれと
（箱根にて）
箱根路に我が知る山の多ければその涙ぞとおもふ春雨
家にゐて書を讀む如くむら山の青きを今日は傍らに積む
雨ふりて前の茅原青みさし鶯鳴きぬ山のあけぼの
山の宿まくらの堅し身を引けば蒲團みじかし足の冷たし

足柄に我等と宿る雲ありて杉の中より雨のしたたる

箱根にて今日見る霧は山を消しやがて静かに雨の音する

山の湯の底に翡翠を敷かねども我肌青し秋に染まるか

（法師温泉にて）

山せまり見るを塞げり静かにも獨り心を洗ふ湯ならん

法師湯に渡せる木あり枕して手を組みたれば法師にも似る

山冷えて浴衣かさぬる朝となりあはれに白き男郎花《をとこへし》かな

霧ふりて毛欅《ぶな》立つ溪に入りつれば晝さへ思ふうす月夜かと

友ひとり去りたるあとに法師湯の溪を寒くす宵の秋雨

冬枯の溪間に岩と水を見て何求むとも無き心かな

溪の奥高原山《たかはらやま》に引く靄を透きて光るはすでに薄雪

女たち天井燈にてらされてしら花の身を水盤に置く

（鬼怒川にて）

豐前豐後の秋　一九三一年（昭和六年）

山に噴く溫泉五丈しら鳥の飛び立つ舞を立てて光ぬ

赤池の湯を見て恐るその底に煙を立てて火を敷けるかな

靄立ちて柴石《しばせき》の溪湯の流れ傍らの山亭《てい》の屋根おく

岩の山四方《よも》をめぐりてなかに置く竹田の街と秋の川音

山の草軒に及ぶをかき分けて竹田荘《ちくでんさう》の木犀を嗅ぐ

山消えて久住の牧の秋草の黄ばめる上をわたる霧雨

山べより波野が原を見て思ふかの路よりや秋津きたらん

暮れ初めて秋の久住の牧のいろ近き草より紫となる

相見れば筑後の秋津口おもしその歌よめば涙こぼるる

雲を見て我等と由布に遊べるは筑後の秋津肥後の是山ら

ほほ笑みて獨り我手を開くとき五辨の花のおのづから出づ

山に來て思へば我れの惱めるも心を寒き空に置くため

提燈をとれる是山が山かげの池ある方へ歸る秋の夜

豐前より伊豫へ及べる靑海を硝子に入るる山の浴室

秋の日の豐前豐後を行きめぐり多く思はず山の外には

筆とりて思へるほどの樂しさよ言葉と成せばやがていにしへ

今はとて別れを惜む心には久住の山の雨なほも降る

四國の旅　一九三一年（昭和六年）

海にして逢ひたる時雨船の著く阿波の夜明に猶しづくする

和蘭陀の街に見るごと水にあり藍場の濱の竝倉の白

徳島の白き月夜に相行きぬ友も我等も影を投げつつ

たのしくも我妻と來て秋の日の渭山《ゐやま》の書庫に古へを讀む

わが前に鳴門の海を白くして天の川ほど潮のかたぶく

雲ありて月を抱ける下《した》にのみ鳴門の潮の白き秋の夜

山の亭夜更けて月をゆする潮下《した》の鳴門に風の加はる

磯山に鳴門の月と潮を見てあはれに秋の夜の冷ゆるかな

黒き雲鳴門の月をさへぎれば潮にも遠きいかづちを聴く

午前二時がらすの外を白くして鳴門の潮に月ひとり乗る

瓦やく山の竈も火を噴けりまして命を歌に焼く人

尊氏の利生《りしやう》の塔の石痩せてほのかに白き夕あかりかな

山五つ青めるもとに塔立ちぬ大師を生みしおん跡の寺

するゑ物を見て語らへば窓にあり燧《ひうち》の灘の秋の水色

川之江の秋の夜寒の身に沁みぬ燧灘より吹きのぼる風

明るけれ子規の髪をば納めたる塔のあたりに散れる銀杏も

秋晴れて伊豫に雲無し鶴となり飛ぶこと勿れ松山の城

高濱を暮れて出づれば小雨降り港の灯かげ送りつつ泣く

伊豆の春　一九三二年（昭和七年）

ひとむらの枯れすすきより頬に散りぬ峠の山の雪解《ゆきげ》のしづく

我等をば十國峠背に乗せて富士と海との中空に立つ

幾點の遊ぶ夫人を添へたれどなほ淡彩《たんさい》の冬枯の山

頼朝も早雲も無き今の世は雲の飛ぶのみ十國峠

伊東なる物見の松に遇ひて問ふ世を見ることの遲れしや我れ

つつましく人の心を斟むこともまことの歌に澄み入りて後

わかき人ニイチエの鷲の歌を讀め氷と巖の絕巓《ぜつてん》に來よ

若き人雪のなかにて臂《ひぢ》を斷つ苦しき道は避けんとすらん

玲瓏と高く大きく美くしき人たることぞ歌に遊ぶは

思へかし王朝の世の才女らの道を繼ぐなり易きことかは

歌よまばド・ノワイユの列に入れ與謝野晶子を悲ましむな

雲を見て今得し歌の片はしを山の鵯鳥《ひよどり》鳴けば忘れぬ

しろき犬あるじの横に首のべて湖を見る枯芝の丘

山の爐に手づから燻べて我がこころ雑木の香にも澄み入れるかな

淡かりし天城も雨に消え去りぬ暮れて唯見る前の湖

みぎはなる木間《このま》の椿花おちて石にも紅し池にも紅し

海の青イタリヤに似る大島もコルシカ島の霞めるに似る

我れを今朝拒むもの無し空晴れて瑠璃色の海遠くひろがる

留まりて袂を吹くもさざ波に乗るも美くし磯の春かぜ

桃を見てまた海を見て三日《みか》ばかり紅と緑に我が「時」染まる

殘花抄　一九三二年（昭和七年）

若葉してけやきの大樹立つ奥に遠くけぶりぬ武藏野の畑
（小金井にて）

花の木の朽ちて猶咲くさまなども今はよそへてあはれなるかな

古だたみ焦あとあるにちやぶ臺をするゐて櫻を見る二階かな

見しは唯ひと時なれど二千里の花と思ひぬ小金井の路

ゆくりなく我れをば打ちて奥刀根の五月の溪に散るさくらかな
（湯原溫泉にて）
熊笹の高きかなたに人わしり鳴る方知らず山火事の鐘
山火事の煙のうへに峰の雪いなづま形を白く引くかな
むら山と湖を消す霧もよしものを拒まず旅の心は
（奥日光にて）
栂《つが》の木の霧に消えゆくあたりより幌を雨打つ戰場が原
濡れにけり慈悲心鳥の啼く山のしら樺を侚ふ雲のしづくに
岩つばめ湯の湖のうへの朝の日の金に散らしぬ墨の百點
二荒《ふたあら》のみづうみを讃《ほ》め山を讃め河鹿の聲にほととぎす繼ぐ

男體も女貌も見えず大空の雲間に今は相思ふらん

みづうみと山に竝びて夜の更けぬ河鹿の世界杜鵑《とけん》の世界

消息の斷えたる友も尋ねなばみな淸からんこの溪のごと

呼子鳥山の木末に曲も無き石の磬《けい》打つ寂しきならん

（輕井澤にて）

軒端より碓氷の山に及びたる若葉のなかの鶯のこゑ

二三點あやめの花の紫を木かげに置ける溪の草かな

雲飛べば雲と飛ぶべき心あり富士の裾野に遊ぶ日のわれ

（富士山麓にて）

逢ふごとに秋にぬかづく心あり高き裾野のりんどうの花

投げつけてみづから裂くる如くにもしら雲昇る富士の裾より

山に來てたまたま聞けば落つる葉も常に尋ぬるみづからの聲

西海遊草　一九三二年（昭和七年）

大きなる掌《てのひら》二つ謎のごと前に立てつつ飛ぶ車かな
（久住に向ふ）

内ひろき牧場の門に我が入れば待ちて久住の山の風ふく

さかづきと赤きトマトを前にして久住の牧の山風を聽く

雲のうへ遠く久住の山坐る唯だ紫の銅のかたまり
（由布院にて）

俄かにも吸はんと抱く力あり木をも我れをも由布の山風

二方《ふたかた》に水明りして我が前に土橋の黒き由布の夕ぐれ

由布の峯かげ行く我れに快き笑ひを投げて下ろし來る風

たまひつる由布の粽のあまきかな秀《ひい》でし峯の心なるべし

いにしへの菅家《くわんけ》も過ぎし由布院に杉のしづくの我袖を打つ

田のかなた藏木《くらき》の山の裾暮れて佛山寺より鐘細く鳴る

銀柳を通して山の夜かぜ入り我がある蚊帳を銜ふ螢かな

かがり火のなかに爆ぜたる竹のおと祭に似たる星月夜かな

山の灯に眉白き蛾の來て匍ひぬ老いて物問ふ姿なるかな

ふくらみて浴衣の袂まろくなり肱より肱へ通る山かぜ

少女來て蔭に手洗ふみぎはのみ柳を通す夕明りかな

高原《たかはら》の路のうへなる草山に一つ出だせる黒牛の首

ふと開く白き扇に胸をどる知らぬ光の我れに射すごと

すすき原みな逆立ちて阿蘇へ向き風のぼるなり外輪の山

（阿蘇にて）

阿蘇もまた時に默《もだ》して樂しむや八重降る天《あめ》の霧に今日あり

いただきに來て頂を忘れしむ霧ふる阿蘇の大いなるかな

今日さらに大観峯を攀ぢて濡る神在《ま》す阿蘇は霧も尊し

ほの白く木山《きやま》の城の石垣のたそがれ初《そ》めて川風ぞ吹く

（人吉にて）

ひと夜見て明日遠く去る身に悲し球磨の清瀬の初秋の月

球磨の人船をうかべて物問へり山陽の後《のち》百年の秋

中島の黒き榎と青柳に川明け初《そ》めてひかるしら壁

川上の山より射せるあけぼのに球磨の大橋べに少し引く

天草の白き夜明に筆執れば是山も次の間に覺めて執る

（天草にて）

天草の十三佛の山に見る海の入日とむらさきの波

高濱の夕の沙と寄る波に白さを添へて月のぼり來ぬ
月黄なり高濱の沙しろきうへ天草灘のむらさきのうへ
天草のいさり男たちの樂める人生われの及ばざるかな
富岡《とめをか》の松の出島の內そとに海分れたり群青と瑠璃
天草の巴崎なる石に凭《よ》り海と松との初秋を聽く
秋晴れぬ溫泉嶽《うんぜんだけ》の桔梗いろ天草灘の濶《ひろ》きむらさき
不知火があと二日して出づといふ沖を右舷に見てわしるかな
涼しさよ千束島を右にして三角おろしの我船を吹く

洛外遊草　一九三二年（昭和七年）

わが母と木の葉を浮けし昔など栂の小川に思はるるかな

小町寺石にあたれる秋の日も尼の布子《ぬのこ》もうら寒き白

紅葉して山に垂れたる楓より貴布禰《きぶね》の宮の石の段出づ

我れをいざ鞍馬の坊の大太皷おどろかせとて試みに打つ

椋鳥の食みこぼしたる榧《かや》の實が鞍馬の山に我が肩を打つ

牛若の木太刀のあとと云ふ岩もさて信ずればおもしろきかな

下に匍ふ鞍馬の山の木の根見よ堪へたるものはかくの如きぞ

いづれにか比叡逸《そ》れ去りて水色に龍が岳より靄のひろがる

溪を見る勾欄《こうらん》にゐて筆とりぬ上には紅き楓ひろがる

わが友の鞍馬のひじり山かげに茶の素絹《そけん》著てしら菊を見る

勤行《ごんぎよう》の鐘の後より山澄みて鞍馬に白し月かげと石

なつかしき鞍馬の聖その袈裟に紫をもて遠山を描く

注縄《しめ》張れる大樹の杉の尖れるに鞍馬の雲の裂けて月照る

月しろき鞍馬の夜寒八人の歌に沁み入る山の十二時

あかつきの鞍馬の湯ぶねあなかしこ已れ聖に先立ちて入る

秋の日の愛宕に見れば山城に我等と比叡の外《ほか》無き如し

秋更けて愛宕のホテル窓を閉ぢ丹波の西日松に射すかな

亭二つ紅葉のかげの朱の橋を隔てて溪に納簾《のれん》するかな

街道と二つの茶屋に灯を置きて山黒くなる溪の夕ぐれ

ふくろより周二取り出づ三寸の旅の小硯七寶の杯

船に居て周二の歌を我が讀めば代りて泣きぬ保津川の櫂

愁人雑詠　一九三一年（昭和六年）〜一九三二年（昭和七年）

月の夜のがらんとしたる廊に來てこほろぎ一つこうこうと啼く
茅原の霜のなかにもつつましくもろ手を合すりんだうの花
凛としてみな然らずと答ふべき寒き覺悟に立てる冬の木
わが惑ふこころも樂し大空にある身のごとく起るしら雲
半面はなほ薄青しこのおち葉愁を醉ひにとり隱せども
誰れもみな飮みならはざる酒なりと云ふごとくにも捨て去れるかな

たまひつる爪哇《ジヤワ》のくだものわが家に大皿は無し石蕗《つは》の葉に置く

百舌なけばこの靜かなる森にても危きことの近づく如し

（深大寺にて三首）

寺のまへ小家ならびて水ながれ水車の音に榛《はん》の葉の散る

有るは唯手打の蕎麥と八つがしら法師に似たる森の中食《ちうじき》

竹をさへ攀《よ》づる人あり武藏野の冬にめづらし火事の早鐘

冬枯の木立のうへのわが二階くもれる日には雪すこし欲し

いづこより筆を著けまし短篇とせんは口惜しされど時無し

唯ひとり合點の行かぬ面持を日に三たびして老いも行くかな

枯木より涙したたる青空とその枯木より外に物無し

猫もまた及び腰して見送るは紅き小鳥を逃がしつる時

誰もみな山寒ければ背かがめて随ふ如し冬の心に

（尾花峠にて七首）

霧消えて前の山出づその西に富士更に出づ夕焼の上

山のことしばしば變る戸あくれば薄雪を見るはた月を見る

峠なる我宿くらし谷こえて前の山のみさせる薄月

段をなす尾花峠の北の畑雪を植ゑたり桑のあひだに

山に來て降れと願ひし雪ふりぬさて君の歌すでに幾ばく

山の宿くろき襟ある丹前に身の著ふくれて雪を見るかな

空の富士先づ淡くなり海もまた霞みて晝の夢を見るかな

大海に抱かれんとする心をも知れる如くに波ちかく來ぬ

春過ぎてみづからたのむ力失せ牡丹と人と依る心かな

父はやく我れに誨《をし》へて歌よめと叱るばかりにのたまひしかな

今にしてつくづく知るは歌よめと誨《をし》へたまひし父のみこころ

十にして父に習ひし歌なれど姿を成さで髮白みゆく

大きなる奈良の佛の前に來て我れは俄かに物忘れする

人わしり車の馳せておちつかぬ港のこころおもしろきかな

横濱の運河に注ぐ秋雨を見てうら寒きわが車かな

山古りて落葉の上に立つ幹の寒きを見れば心おちつく

わが汽車を西の武藏に泳がせて水のごとくに桑畑流る

松長く痩せてむらむら立つ山になびく尾花といたどりの花

山の秋はやく寒きに薊さへかどかどしさを失ひて咲く

つるもどき山萬兩と一つらに白き小菊を見る師走かな

君が庵人のたくみを施さず山古くして椿はなさく

くれなゐに椿はな散る山風も我が心より吹くけしきかな

軒ちかく垂るる幾枝《いくえ》の緑よりいとやはらかき夕ぐれの山

身は老いて匂へる歌を成し難し紅き椿を君が手に置く

世に住めば身の耻多し椿さく山のあるじと風を聴かまし

石の階若葉のなかに高く入り松の花さく多摩の御陵

悪ろしとは孔雀を飼ふを思はねどよく飼ふ人は放ちつつ飼へ

子らのする焚火を見てもそのなかにふと我が聞くは戀の羽羽たき

あるものはすべて過ぎ去る初めより無かりし如くすべて過ぎ去る

大氣なるやまとをのこは見ぬ振す支那の歴史の簒奪《さんだつ》のあと

やはらかき琥珀の色の枯芝に紅き梅よりしづくする霜

起重機を冬のみなとに遠く見て枯木と思ふ雪ぐもりかな

手慣れつつ心を碎くさまも無し河原の舟の鮎の早鮓《はやすし》

やがて皆跡をとどめぬ歌なれど沙に上《のぼ》れば美くしきかな

（逗子にて三首）

みづからの乏しきことを知り盡し山に憐む雜草の花

磯の夜の更くれど猶も歌はまし浪おとに次ぐ浪おとのごと

浮ぶもの皆過ぎ去りて樂しきは空も心もうつろなる時

その父のかつてせしごと爪を噛み口笛を吹き下駄飛びて脱ぐ

父に似ぬこともたのもし子らはみな代數學と犬を怖れず

あめつちを心としたる大人《うし》なれば年たけてまた海こえて行く

（蕣堂翁の外遊に）

疑ひもたのむ心も無くなりて晴れたる晝に蔦の葉の散る

考へて得んことならずうちつけにまた驚きて知れるよろこび

放たれてよりどころなき空しさに寒きひろ野を啼きわたる鳥

我が書かばかくも笑へる大口を人には見せじ拾得の顔

羨まし女は細き靴穿けり靑き堤のたんぽぽの花

紅梅と共に立てどもしら梅の思へることは主人《あるじ》に近し

愚かさを猶守るやと人問へばためらはずして今云ふ然り

大方の未だ思はぬこと云はんわづか二行の歌のはしにも

火のなかに命を煉るは皆知りぬ氷のなかに煉るは我れのみ

己が世のかりそめなるを思ふ日の折ふしありて涙こぼるる

うらがなし共に倚りつつ支ふるも支へらるるも冬枯の草

大きなる柑子《かうじ》を掛けて的に代へ心に念ず「太陽を射る」

眞實の百の小さきを塗り消して大きく光る空言もがな

霜ふれば戀し竈のまへにゐて藁をくべつつ物云ひし母

ふしどより末の少女の聲かけぬ聞きたまへるか今のかりがね

七月の朝の大氣に光りつつ青空を行くしら雲のむれ

柳ちる野川の小橋寛《ひろし》だに今日渡らずば寂しからまし

わが上に紋白蝶のひろがると見て夢さめし秋の明方

冬の芝琥珀の色に澄みわたる硝子のそとの夕明りかな

冬枯のすすき白けて路分れ何れを行くも松立てる丘

おのづから風の開ける門を入りあるじと笑ふ松のもとかな

手袋を通して冬の日あたれば枝一つ撫づ丘の下り口
廣告の氣球が垂るる紅き布ほかは青空七階の白
いつしかと我がくぐり來て知らぬまで後ろに高き石の門かな
われもまた物乏しくて歎く日は人のなかなる寒き藁屑
ほのかにも紅をふくめる初冬の沙と雜木を見て窓に倚る
また更にあらたまるべき世の中を若くて共に見る妹壻《いもせ》かな
家建ちて隔たりつれど我庭に猶入り來るは田より立つ靄
庭の隅型ばかりなる繩張りて子らの培《つちか》ふさくら草かな

里の子が糠の附きたる桝に盛り石に据ゑたる落椿かな

春寒し餅の薄きを手に焼きて粥にまじへぬ父もせしごと

今も猶邪宗の徒なり打つべしと云ふこゑ聞ゆ我れの後ろに

前の木のせんだんの實を食む鳥が我が硝子戸に蹴りこぼす雪

雲なくて月の蝕《しよく》する夜となりぬ狸の題の歌を詠む時

夜となりて軒に香れば忍びつつ物云ふごとし沈丁《ぢんちやう》の花

人すべて打とけがたき心などあるべくもなき藤のもとかな

棚の藤四尺垂れつつ云ふ如し此の帷《とばり》より出でて遊ぶな

水おとに河鹿まぎれず我れもまた世の騒音の底に歌はん

岩にゐて思へる我れを知る如く前の水より呼ぶ河鹿かな

一生に無著《むだ》の日多しその無著を今は樂む一生の末

我が來れば野間の家刀自《いへとじ》里びとのなさけを捨てず甘酒を煮る

まばらにも瑪瑙の色の小き實が落葉の後に澄み入れる蔓

美くしく若き男のまろき目に吸はるる如く月を見るかな

病より立ちたる友も阿寒湖に旅せし友も秋晴れて來る

秋晴れてむらさきに澄む大空の何れを見ても地のはてに入る

むら竹を透《とほ》す日ありて霜ばしら淡き綠にくづれたるかな

＊

わが父は教へけるかな貧しくて水を飮むとも阿《おも》ねる勿れ

世に壓され時に醜く惑へども父を思へば一すぢとなる

いち早く疑はずして自らをよしと恃みし子規の大きさ

とこしへに南の山を見る人の心の花の菊まろく咲く

なつかしく菊を載せたる膝ばかり宵の車に白かりしかな

病む兄は身をも忘れて遠く來しはらからどもを喜ぶ如し
（長兄の死に）

葛城の慈雲尊者を繼げる道世に絶えざるも此の兄に由る
今にして思へば兄の憤りみな私のことならぬかな
はらからの漸く空し殘れるは己れ、弟、末のいもうと

春遊敍景　一九三三年（昭和八年）

旅の身の安きこころに誇せず山べの亭にしら梅を見る
（熱海より箱根へ）
あざやかに紅《べに》の色して花の持つ睫毛うつくし紅梅の蕊
梅の花夜明の山にしろく立ち下は欅の冬枯の溪

春の雲ゆふべの富士を閉ぢあへず片がはの雪千尺ひかる

路折れて山かげとなり春寒し箱根の關の石ずゑと杉

島に見る椿油の搾木《しめぎ》さへ心の外《ほか》のものならぬかな

（伊豆大島にて）

前脚を俄かに上げて動くとき地震に乗ると駱駝を思ふ

絶壁の朱の一片を見つるのみ三原の火口おほかた煙る

誰れの子ぞ身を躍らして火の洞《ほら》に妥協を燒きぬ我れ及ばんや

親無きか親はあれども抱かざるか三原の洞の火に死ぬる子ら

一切を後ろにしつつ七尺の柩にあらぬ火の洞に死ぬ

風荒し三原の山を降《くだ》る身は煙にあらで飛ぶ沙に乗る
烈風に支へぢからを失ひぬ三原山より富士へか飛ばん
上衣をば杖に掛けたる猪八戒三原の山の煙より出づ
下《お》りし里さくらと椿森を成し小鳥の鳴けば火口を忘る
島の小屋笹を編みたる壁にあり海よりのぼる南風の音
山かげの波浮《はぶ》の入江の浪ぎはに煙を揚げて底を燒く船
かかり船突棒臺《つくぼうだい》のさし出でて上を入江の春かぜわたる
行く方に小雨を侘びず島の路椿とさくら廊をつくれり

下総の御牧のさくらしら雲とつらなるなかに馬のいななく
（三里塚牧場にて）
たそがれの牧の櫻の奥にあり御料の厩とざさるる音
馬すべて厩に入りて櫻のみしづかに白き原の夕暮
わづかにも我等の船を入るるのみ岩みだれ立つ細き溪かな
（上野原依水荘にて）
切厓の固きには似ずその上に麥の黄ばめる溪の村かな
川の洲に下り立ちつれば山多し佇みて見る振返り見る

南枝抄　一九三三年（昭和八年）

年長けて梅を見る日の樂しさよわれ云はねどもこの花ぞ知る

天地とひとしきことを思ふ身は梅の咲くをも我が咲くと見る

何かある我がたのむもの何も無し無しと知りつつ今は足るかな

長安の花たることにふさはざる野末の梅も春に先だつ

我れ老いて心は寒し身は痩せぬ今は友たれしら梅の花

師のまさば我が立ち走りせんことを若き人たち我がためにする

天地にあなかたじけな老をもて愚かさをもて今は足るかな

六十に一つを加ふ今は我れ樂しき如し嘆かぬ如し

人として世にあらしめし父母に今しら髪して合はすてのひら

あめつちに我れは足る人わかきより住める晶子と老いも行くかな

寬らの乏しきをすらあめつちは容れて光れり大いなるかな

わが裾に菜の花つけり過ぎて來《こ》し山べの畑の月明りほど

袴して仕ふるごとく梅を見てあるじの凭《よ》れる前の石かな

鶺鴒が夜明の沙にのこしたる淸き跡だに我れに有れかし

沙ぼこり輪の形して馳せ去りぬ原の斑《まだら》は蓬なるべし

有るべくて有り過ぐべくて過ぎぬべし無窮のなかの小さき逆流

いとまある身のここちして歩むこと牡丹の前に到れば遅し

世界をもふと引き寄せてある如き形す子らのヨオヨオの絲

すくすくと園に芽をふく澤胡桃《さはぐるみ》五丈の上に南風の鳴る

藤の花早く忘れし甘さなり若かりし日の春の色なり

稀に見て言葉すくなく笑ふのみ佛と佛あひ知るがごと

（眞宗寺上人を迎へて二首）

ともに老ゆいまは木彫りの佛にも似ん姿して相語るかな

傘すぼめ前へわしれば夕立を避くるにあらで追ふ如きかな

板敷に棚の空鑵落ちて立ち搖らぐと見れば飛び出づ鼠

尾を曳きて横ぎる鼠たちまちに七尺に伸び床下に入る

老い鼠鋸よりも荒らかに我家を嚙む眞夜中のおと

怒らざる主人《あるじ》に狎《な》れて鼠飛ぶ夜ごと物落つ厨とどろく

汝さへ久しく我れをあなどると未練のあるじ鼠をば打つ

備前紀行　一九三三年（昭和八年）

そのなかに主人《あるじ》と坐り瓜を食《は》む階上階下すべて書にして

（正宗敦夫を訪ふ）

西の窓藤若葉より風わたり伊部《いんべ》の鉢に竝ぶ宋版《そうはん》

猶出でて明石の門《と》をも見るべきか否太田府《おほたぶ》の島に船寄れ

太田府の島のいさり男《を》岩に立ち秤に掛けぬ三尺の魚

船早し和氣の入江に風涼し敦夫親子とわが妻も乗る

和氣を行く國道白しわが車朝のみどりの山風を切る

ひろがれる藺田《ゐだ》のかなたに空高く常山《つねやま》を見る夏がすみかな

わが坐る舟低くして晝涼し水島灘を兩舷に切る

夕明り海より射して鷲羽山岩と小松のやはらかきかな

下津井の港の灯《ほ》かげ松にあり墨にまぜたる金泥ひかる

松かげに戸あけて臥しぬ天の川水島灘の風ともに入る

木がくれて倉のしら壁半ば見えそのうへの山霧に瑠璃啼く

このなかに敦夫もありてあかつきの蚊帳より仰ぐ久米の佐良山

半田山兎を狩りし少年が六十にしてその山を見る

沙にある磯の薄月松のかげ心にかろく積むゆふべかな
かの月の倚るも黒雲ひぢつきて我等の倚るも黒き岩壁

山上の氣　一九三三年（昭和八年）

山消えて我が倚る軒に夕立のおと溪音に重なれるかな
（川原湯にて）
一尺の黒む木佛《きぼとけ》弘仁の御代の光す頰《ほ》にのこる金
里雛の捨てられたるを山に見てとく秋草の掩へとぞ思ふ
手拭を提げて溪間の湯の廊に知らぬも交す朝の挨拶

山の湯に身の衰へて遊ぶなど今は云ふべくならんとすらん

飛ぶ雲に天つ日まじる溪音に蟬の音まじる山風まじる

十ばかり淺間の山のわが路に出でて日を浴ぶ山鳥の雛

（輕井澤にて）

枝引けば髮にしづくす山の木も嬉しきならん人に觸るるは

留まれば雨ふり行けば山晴れぬこの偶然を明日も賴まん

この朝の碓氷の臺に我等のみ在りて妙義を見る床几かな

輕井澤むかしの宿《しゆく》の思ひあり腰掛けて取る蕎麥と燗酒

山の木に吊れる灯《ほ》かげの映りゐぬ莫哀莊の秋の水盤

（以下蕁堂翁と）

戒めて世に先だてば解きがたき謎と人見んわが大人《うし》の文

大人の文はげしきなかに涙満つおふけなけれど寛らは知る

野より來て未だ言葉を成さねども心に餘る秋草の花

山の夜の灯かげの卓にみ手づから大人の焚きます英吉利西《イギリス》の香《かう》

天が下知らざるは無きわが大人が先づ助手臺に乘りませるかな

離れ山友としつべしみづからを低きに守ること我れに似る

秋景雑詠　一九三三年（昭和八年）

大いなる富士を仰げば何ごとも我れ恕《ゆる》されてある心地する
（伊豆にて）

世の味も老いて思へばこれに似る伊豆の山べの初秋の葱

沖晴れぬ鮪舟にも我れ乗らん秋に澄みたる黒潮も見ん

初秋の雲のこころは定まらず富士に倚れども亂れんとする

船に著く牡蠣は斥《さ》るべし如何にせん心に著ける型といふ殼

我れもまたしばらく家の書に別れ友と山べの秋風を聴く

みづうみの奥に澤あり青き藺《ゐ》を満たして寒し秋の夕暮

座蒲團を舟に入るるも手を執るもみな男なる山の湖

大室の秋の山べに我が在れば月もきたりて湖に入る

美くしき岬ならべり東海に天城の山の出だしたる膝

伊東より遠笠山を猶も見る一人の大人《うし》に別るるがごと

洞多し洞を出づれば山變る紅葉濃くなり切厓變る

（北陸路にて）

溪しろく沙をあらはしかたよりて水みどりなり切厓のもと

我がこころ黑部の秋の夜寒にも溪の音にも澄み入れるかな

侘びざらん黒部の溪の秋の雨もみぢも我れも岩も濡るれば

立山の雪を仰ぎて聲放つこの清きもの地の上にあり

いくたびも呉羽の坂に見返りぬ立山の雪呼ぶ如きかな

秋の雪わが心をも行かしめぬかの中空の立山の上

高岡の街の金工《きんこう》たのしめり詩の如くにも鑿《のみ》の音を立つ

鑄物師の道もたふとし釜ごとに一つの型のくづされてゆく

片時は追い來るごときけしきして遠ざかりつる立山の雪

われの夢越《こし》の旅寝にそばだちぬ立山の雪しら山の雪

わが言葉御嶽の溪に入りて無し深き心は水の歌ひぬ

たそがれて溪より起る風荒し我れも落葉も山のぼり行く
（昇仙峡にて）

路盡きて御嶽の瀧の上に居ぬ片手を岩に置けど危し

茅花抄　一九三三年（昭和八年）

幼き日われ馬となり弟よ君を乘せにきその馬は老ゆ

兄すべて今は世に亡し弟はブラジルに在り親を祭る日

みづからの靜かなる死を夢に見て覺めて思ひぬ然かぞ死なまし
（荻之家先生追憶二首）

云ひわけを我れと我がしてさげすめる耻かしきこと老いて猶あり

茅原も風絶えつれば暖かし地平の入日石榴《ざくろ》を捧ぐ

我れをだに師とたのむ人いざ告げんこの寒き野に汲まば汲むべし

いつしかと野竹《やちく》むらむら立つ外は青き色無しわが冬の庭

木立みなおち葉したれど寒からでそのかなたより紅《べに》の日のぼる

水盤に一切の根をあらはしてこの水仙も耻づること無し

溫室の牡丹を見つつ傍らの壁を思ひぬ雪の白しと

外苑の月は白鳥をちかたに小鳥の籠を積める街の灯

夕闇にさしうつぶきて筆とれば子等覗き見て泣くと過《あや》まつ

こころざし遂げ得て文を書くべくばその日無からん弟とわれ

稀に來て毅《つよし》われ等と二日《ふつか》あり東京灣に一日は釣る

用無くば地にも抛《なげう》て今聞くはこれ石ならば石の聲せん

をりをりに涙ぐむまで聞かまほし吉備の敦夫のけしきばむ聲

杢太郎大學やがて筆執りぬむかし戀しく我れの乞ふ時

賢聖《けんせい》を論じつくして善人を最上に置く論衡《ろんかう》の著者

投げ入れの我流の花を人褒めぬ内に愧づれど笑ひつつ聽く

一輪は壁にさしかけ一輪は馬車破れたるままに霜おく

南より入りし日西の窓にあり主人《あるじ》の冬の歌を温《あたた》む

使をば待たせて書きし二三行世に散るとても事のあらんや

冬青む伊太利亞芝と石だたみ此の冷たさの快きかな

あかつきの霜の色しぬ庭の月馬引き出でよなど思ふかな

なほ生きてあらんか今は死ぬべきか天地われを如何にともせよ

小き鳥霜ばしらより飛び立ちてあらはなる木の枝三つ昇る

山より磯へ　一九三四年（昭和九年）

苦しみし六十年の我が末にたのしき除夜の那須の溫泉

（那須にて）

薄月とひろき枯野を軒に見て聞く鐘も無き那須の除夜かな

わが妻は那須の山べの雪を取り病みて苦しきその胸に置く

慰めて云へば高まる云はざれば更に高まる病む妻の胸

藥持ち都の我子いま來んと山べの月も野の雪も待つ

妻病みて「今は知るなり身一つ」と云ふこゝろ悲し然か思ふらん

何事も天の運命みづからを悪しと今知り悔ゆれど遅し

病む妻の心しばしば天に去り薬を射せばまた歸りきぬ

濱を吹く疾風《しつぷう》にあり追ふ如く笛を吹くおと旗を振るおと

（安房館山にて）

海荒れて西に三崎も富士も無し疾風《はやち》すべてを解き放ちけん

目に見えぬ牙を鳴らして逆らへるものある如し風の夜の音

今朝の富士櫻を盛れる籠と見ゆ海の嵐よ拔き去る勿れ

沙を巻く疾風《はやち》のなかに日の黄なり牛吼ゆ空を馳せて牛吼ゆ

梅の村ひと木ひと木に佇めば見盡し難し書庫の書のごと

（吉野梅林にて）

若きより梅に埋れて歌はんと願ひしことの成れる日この日

海なぎて空うす曇る日に見れば急がざるかな天地《あめつち》のこと

（伊豆にて）

山ざくら數ふる許り白くして雀も鳴かぬうす曇りかな

いづこより歌ひ出でんと惑はるるこの快き湖と山

ほととぎす風吹く山に默《もだ》したり賢し鳥も歌ふ日を知る

初夏の天城おろしに雲吹かれ亂れて影す伊豆の湖

樂しきか湖上の山のほととぎすくくと笑ひぬ堪へ得ざるごと

母の鳥あたりの木より見てあらん我れ早足に巣のもとを去る

今日訪へば心を覺ます喜びの山に新し杜鵑《とけん》と苺

ほととぎす寂しきなかの樂しみを汝も知りて山に歌へり

山山の夏　一九三四年（昭和九年）

二丈とは離れぬ上を飛ぶ雲が山の板屋に散らすむら雨

（赤城山にて）

恥かしく山の湖上の小舟《をぶね》にもくつがへらんを先づ思ふかな

長らへて三十年の後に次ぐ赤城の山の夏の夜の夢

髪濡れて山のしずくに立てるなど昔も今もなつかしきかな

みづうみの雲にこだます呼子鳥朝より晴れを山に呼ぶらん

天つ日が霧を通して微笑めば薄き紅《べに》さす山のみづうみ

みづうみの西のみぎはに露しげき楓の大樹《だいじゅ》下草の花

涼しくも朝の八時の天つ日を薄霧に見る山の湖

原の草ただひと色に緑してかたむく北に直江津くもる

（赤倉にて）

山の草なかにも白き獅子獨活《ししうど》は立ちてまぎれず霧の掩へど

赤倉の池の平の水にありしら雲のかげ夏草のかげ

霧ふりて薊の花の濃き紅も清く澄み入る妙高の原

妙高のかの襞《ひだ》なるは殘る雪ここに白きは獅子獨活の花

妙高を我が仰ぐ目に隔てたる杉の一むらひぐらしの鳴く

赤倉の山の夜霧をどよもしぬ啼くは一つの蛙なれども

山涼し夜食の瓜のくれなゐと霧のしづくと銀のナイフと

（輕井澤にて）

ひろげたる浄土の巻《まき》と見る雲の淺間を離れ引く夜明かな

山すでにしら樺立たず絲に似る穗すすき紅し燒石の中

しら樺と燒石原を見る山に氣輕き燕來てひるがへる

むらさきに尖る妙義の頂の長しみじかし樅の木の上

見るたびに淺間と妙義わが才は限りあれども山限り無し

大空の半に淺間安んじぬ妙義は凌ぐこころ猶あり

沙羅の花しろく散れるを手に拾ふ莫哀莊の水のもとかな

手にするは山の雁皮《がんぴ》の花なれど我れなほ感ず人間の熱

老癡集　一九三四年（昭和九年）

みづからの力に成ると思ひしも老いて思へば我が知らぬこと

我がよはひ幾ばくも無し勉めずば飛ぶ塵よりも空しかるべし

殘れるは硝子の寫眞子らも見よ貧しかりける父の父これ

難きをば歌ひ出でたる嬉しさよふと聽く如ししら蓮の音

こころよく五月幟の鳴る音を軒に入れたる丘の家かな

巴里をば旣に忘れし身なれどもわか紫のリラを今日嗅ぐ

丘に來て暫し歌無し花すべて光る言葉を先づ云へるかな

愁をば拂ひ去るごと風過ぎてあとの虛《うつ》ろに次の風吹く

貧しさのなかに物讀み物を書くこの樂しみも親の名殘ぞ

卓の上牡丹のあれば家を出ず老いて愚かになりまさるかな

瀟湘《せうしやう》に到れりと見て呼ばはれば翁笑ひぬ未だ下流ぞ

園の木が白き裏葉を反《かへ》す時海より吹くと風を思ひぬ

そのなかに春を惜める風もあり木末を吹かで散る花を吹く

梅の實の落ちて音あり我が書ける七尺前の若草の上

溪に入りみづから伐れる竹なれば長安の音にあらずこの笛

歌に我れかばかり寒く身の痩せて守るも久し不妄語《ふまうご》の戒

愛しつつその營みし巣をば見よ去りつるあとも美くしきかな

沙もまた痛き思ひを知る如し小雨の打てばしくしくと泣く

草のはて低き街あり點ほどの廣告球に日のあたるかな

人知らぬ我が悲しみはみづからを恃《たの》めることの過ぎたるに由る

酒壺に劣れる我れの裂けたるはせんすべも無し涙のみ漏る

我れ老いて秋の盛りとなる如し心やうやく月に似るかな

秋かぜに末の少女と立ち出でて拾ふも樂し我庭の栗

やうやくに走り書きせず刹那にも猶とこしへを樂しめるかな

古葉みな夏のあひだに散り盡し竹のみ秋に綠なるかな

寂しくも落ちつくなかれ若き人いざ奇を好め過ちをせよ

散らばれる蟲干の書の上に來て玉蟲となる今出でし月

歸る子と語れば見ざる七とせも七日ばかりの心地するかな

歸り來て子の恭《うやうや》し老いの身は内に涙す斯かる事にも

別れをば端書に云ひて友去りぬ寂しき背をば見せじとならん

我れ恐る高く大きく悲しまで老の凡慮に落ちつかんこと

前の浪さらに高かりこし方を云はず思はず荒かりしとは

時乏し誰讀むべしと思はねど老いて夜寒の窓に筆とる

蟲干に遺したまへる幾巻の出づれば讀みぬ父の朱のあと

前脚の一つを揚げて洗はしむ如何に親しき馬と人ぞや

かにかくに過《あやま》たずとも我れ云はん少年にして思ひつること

市人が火を戒むる拍子木も霜を促す寒き夜の音

迷ふべき方も今無し行くほどにすべて心の故郷となる

峡谷の秋　一九三四年（昭和九年）

我れすでに物の欲無き身の如し秋風吹けば秋風に足る

（四萬にて）

行く水を見つつ喜びはた恐る此の樂しみも流れ去らずや

溪の秋早くも寒し奥山のしら樺の皮霜に裂けなん

こころよし危き岩の半よりつかのま瀧を望む怖れも

なにごとを獨り說くぞと思ふとき深山に寂し瀧の大音《だいおん》

涙落つ吾妻川の廣きをば見わたして行く秋の夕暮

溪の窓わが書く歌にいただきの紅葉より來て日の光する

（奥利根にて）

天雲が溪の紅葉を見て過ぐる涙なるべし利根のむら雨

紅葉して橡《とち》まゆみなど山に散る我れも吹かれんかかる風には

むらさきの袴を著けてねもごろに彌彦の祝《はふり》茶を賜ふかな

（越後にて）

物云へば上の上なる言葉出づ他を凌がんと思はざれども

白き船ひとつ過ぎ去り海はいま青竹のいろ龍膽のいろ

佐渡見えて我が船速し浪は無し吹くは越後の秋の追風

藁をもて竹に結ばれしら菊の清く大きく力あるかな

（佐渡にて）

稀に來て佐渡の夜に聽く里太鼓根本寺《こんぽんじ》にも隣しぬらん

沈《ぢん》の木の瘦せて重きとひとしきを心に知りて老いもゆくかな

旅の身に白木の崎の岩ひろし行き盡しなば秋の日暮れん

岩裂けて萩の洞門光あり前も浪おと奥も浪おと

早春詠草　一九三五年（昭和一〇年）

鎌倉に拝む大佛われよりも若しと今は見え給ふかな

世にまじり敢て勝たんとするこころ久しく無きを人知らぬかな

人の世をなど愁へぬや樂みて在る日を作ることに忙し

子の一人醉ひて夜明に歸り來ぬいといよろし若き盛りは

咳《しは》ぶけば主人《あるじ》と知りて鶯の啼きぬ鳥屋にも沁まん明方の霜

梅多き山に宿りぬ寒き身のこころに借らん花の見る夢

（熱海にて）

明るくも淡き紅注《べにさ》す梅の花見てうちつけに我がこころ染む

紅梅の木末のうへに扇ほど入江の見ゆる山の亭かな

山の亭わが座の前に一むらの木末出でたり紅梅の花

霜降らで熱海の二月乾きたる山べの岩に散る椿かな

寒ざくら人の暦に斯く呼べど彌生の色を枝ごとに垂る

梅古りて花まばらなり老の身になほ殘りたる涙の如く

見る我れも痩せつつ寒し梅の花久しき冬に立つことの似る

梅嗅げば藥のごとく催してこころ高まる清き世界へ

天の罰或はあらん凡夫にて百樹《ひやくじゆ》の梅のなかに湯を浴む

老の身の我れの如くに疾く咲きて殘れるもある山の梅かな

なほ暫し口ずさみつつ我が歌を調ぶる夜半に梅が香ぞする

代りつつ我れ當らんと思ふまで夜の雨あらく梅に降り來ぬ

梅を見て我れも所を得し如く伊豆の山べに留まれるかな

見るほどに花と人とをあやまりて妻に云ふをば梅に云ふかな

梅が香の清き山べに自らを忘れてありぬ況やその他

なさけをも棄つるここちす別るべき前の夜となるしら梅の山

空即是色　一九三五年（昭和一〇年）

くれなゐと白の外には色も無き階上階下春の灯ともる
（數寄屋橋にて）

二人まで京の方より友の來ていざ旅せんと春に云ふかな

忘れざる心の奥の巴里をばカアネエションのそそる赤さよ

爐の室に壁白くして我が倚るも友らの倚るもくれないの椅子

ネオンの灯橋のあなたに花を盛り醉ふ心には騒音もよし

ふた月を遲れて來れど我友の見しごと寒し船原の川
（船原溫泉より土肥へ）

船原の大樹の椎の霜に堪へ二百歳經て人の注縄《しめ》張る

廊のもと花白けたる梅の木の根方に青し門前の川

襞ごとに杉黒くして頂をまろく列《つら》ぬる西伊豆の山

振り返り天城と我れと見交せる峠も同じ天城山脈

天城よりひろがる靄の水色と土肥の峠に別れて下る

西伊豆の峠の路の高きをば我が車ゆく天下《あまくだ》るごと

春の日の土肥の峠に海を見る刹那のこころ驕れると似る

岩山の海に臨める片はしに何の林ぞ芽の青むかな

路無きを湯の流れたる川口に到りて止みぬ土肥の石濱

磯山の龍舌蘭もやや慣れてこころを引かず蓬の如し

一むらの龍舌蘭の上に見る半霞みて沖に沈む日

梅多く盛りを過ぎて殘れるは山にすさまじ雪にあらねば

大形の漁船《れうせん》二つ我れをして仰がしめたる石原の上

我目には常ならぬごと見て怪し山の坑夫ら鐵兜を被《き》る

限ある命を抱けば我れ祈る野べの梅にも春久しかれ

旅に見る第一日の伊豆の好し峠の南二月桃さく

麓ゆく我れの逢へるは春の雨天城は雪か雲にこもれり
（西伊豆海岸にて）

紅み注《さ》し山を掩へる茅の葉もなほあたたかき伊豆の春かな

舟寄せて仰げば島の岩高み鵜の飛ぶ羽おと水を横ぎる

東海のはてに垂れたる雲のもと七尺黄なり春雨晴れん
（下田より東南岸へ）

網形にひろがる浪の白きかなかに美くし沙のすべるも

利島のみ淡くあらはれまた消えぬ春雨なほも沖を籠めたり

海こえて春の使のこと終り二月の伊豆に歌ふ小鳥ら

みづからの織りたるきぬの眞白きを浪さかだちて荒磯に巻く

岩岩の伏せるあたりに浪の散り我が立つ木かげおち椿しく

人名メモ（五十音順）

寛の作品中に、身近な知友人を姓なしに名前だけ歌い込む例がみられる。参考までに本書中に現れたそれらの人物の姓を表示する。その多くは新詩社同人である。

秋津……白仁秋津（一八七六～一九四八）　一五一、一七八、二一九頁
敦夫……正宗敦夫（一八八一～一九五八）　一六二、二五九、二六九頁
葵山……生田盆五郎（一八七六～一九四五）　四七頁
鼓村……鈴木鼓村（一八七五～一九三一）　四七頁
周二……松永周二　二三六頁
是山……後藤是山（一八八六～一九八六）　一九二、二一九、二二〇、二三二頁
蒼梧……大井一郎（一八七九～一九三七）　五四頁
龍男……石井龍男　二一四頁
毅……赤木　毅　二六九頁
登美子……山川登美子（一八七九～一九〇九）　五三、五四頁
豊彦……田村豊彦　一六二頁
齊……萬造寺　齊（一八八六～一九五七）　一六二頁
文三……江南文三（一八八七～一九四六）　一五七頁

あとがき

亡父平野萬里の遺品の中に、與謝野寛の短歌を書き写した一把の書類があることは以前から知っていたが、その内容を精査することもなく放置してあった。数年前、私自身の身辺整理の一環としてあらためて内容を点検したところ、書類は幾つもの束にわかれており、束ごとに表題あるいは見出しと思われる文字と年号が記されていた。そのいくつかについて、表題とそこに書き出されている短歌を手がかりに出所を調べてみて、この原稿は「寛短歌選集」を目指した作業の成果と推定できた。しかし一枚一枚の紙片にページはまったく記入されておらず、しかもばらばらになってしまった束も多く、すべてを正しく整理配列するのはかなり困難な作業のように思われた。身辺整理の趣旨に沿ってこの原稿を無かったものとして処分してしまうか、それとも時間をかけても正しい姿に纏め上げるべきか。迷った末、父の志を継ぐべく困難な途を選び、その後断続的に続けた牛歩の作業によって今般ようやく納得できるかたちに復元することができたので、『與謝野寛短歌選集』として上梓することにした。

本書は與謝野寛の短歌選集である。したがって本来は選者である萬里自身が解題と題して本書についての解説を試みるべきであるが、歿後七十年になる現在それはできない。ただ寛の短歌全般を対象とした萬里の論評は、昭和七年に刊行された改造社編短歌講座第三巻名歌鑑賞篇に「與謝野寛」という表題で執筆されており、平成十八年に出版した『平野萬里評論集』中にも再録されているので、興味のある皆様はそちらをご参照いただければ幸いである。

このようなわけで、ここには本書の内容についてではなく、原稿を整理しながら頭に浮かんだ昔のおぼろげな記憶や、纏め上げた原稿を通読して感じたことなどのいくつかを記してみたい。まず父がこの作業を始めるに至った大凡の経緯を辿ってみることにする。昭和十年、寛の急逝をうけて『與謝野寛遺稿歌集』を編輯して以来、父は昭和十六年に『采花集』（寛全詩集）と『古今朗詠集』、昭和十七年に『白櫻集』（晶子遺稿歌集）、そして昭和十九年に『晶子秀歌選』をそれぞれ編纂して世に出した。もし次に手懸けるとすれば、それが『寛秀歌選』になるのは順当なことだったと思う。そしてそれを予見させるつぎのような記述もある。

「……先生の歌は嚴父禮嚴師から傳へた謂わば家の業で、時には消長はあつたが幼より死に至るまで沈々として之を作ることを樂しまれた。その數は實に多い。しかしその多數の作を誰が一體賞美したか。わたくしは恐れる、僅かに數人、多くても數十人の人があつて僅かに賞美し得たに過ぎぬのではないかと。わたくしは嘗て賴まれて僅かに數首を採つて先生の歌の鑑賞を試みたことがある。その時それに對して先生から意想外の長い丁重を極めた禮狀を頂いたが、わたくしは恐縮すると共に內心暗然としたのである。それほど先生の作は世間から關心を持たれず誰にも何ともいはれぬ儘に冷い多磨墓地に下つて行かれたのである。それを思へば情けないことでもあつた。併しながら眞に價値あるものである限り、いつまでもそのまま埋もれるものでもあるまい。……」

（昭和十八年刊行の孝橋謙二著『明星の歌人　與謝野鐵幹』へ寄せた序文より）

しかしきびしさを増す戦時体制下の当時、寛短歌顕彰の望みを実現することは困難を極めた。まず用紙をはじめ印刷資材の入手は困難を極め、印刷・出版業界は火の消えたような状態になった。さらに追い打ちをかけるように激しくなる米軍機の空襲にさらされ、歌集を繙いて鑑賞する精神的な余裕などはなくなっていったのである。

昭和二十年八月、日本は敗戦を迎えた。建国以来未曾有の事態だったが、とにかく戦時体制から解き放たれ平和が戻ってきた。「これからは自由に歌が詠める」と語った父は、この言葉通り死去するまでの一年半、誰に気兼ねすることもなく思うまま作歌三昧の日を送り、同時に在京の新詩社同人諸氏へ声をかけて毎月自宅で歌会を開くといった生活を送った。

これらの作歌活動の一方で、父は寛短歌を顕彰すべく選集編纂に向けた作業も始めていたのであろう。これについて私の記憶はあまりはっきりしていないが、その成果がこの「あとがき」の最初に記した父の残した書類の束だったことはほぼ間違いない。作業はおそらく当時書斎の机上にあった『與謝野寛短歌全集』と『與謝野寛遺稿歌集』を主な資料として行われたものと思われる。『與謝野寛短歌全集』は寛の還暦を祝って昭和八年に出版された歌集であり、明治中期以来昭和七年までに詠まれた総数約一万首のなかから寛自身が選んだ七千首あまりが収録されている。また『與謝野寛遺稿歌集』には、昭和八年以降寛の没するまでの二年余りの全作品二千五百首近くが収められている。これら合計九千五百首のなかから、父は約二千首を選び出している。この首数は対象となった作品のほぼ二十パーセントにあたる。なお作業の過程で、底本にしたと思われる上記二冊以外に書架にあった『相聞』、『霧島の歌』、『滿蒙遊記』、『改造社現代短歌全集五　與謝野寛集・與謝野晶子集』などの歌集、また同人誌「冬柏」の第一巻から第三巻（昭和五年から七年）に発表された寛の作品についても、寛短歌全集を編んだ寛自身とは別の角度から見直しをしていたことが、つけられている鉛筆マークなどから窺われた。そしてわずかな首数ではあるが、寛短歌全集に選ばれなかった作品を拾い上げていることも付け加えておく。この選歌作業はおそらく昭和二十一年の春頃までの半年ほどで完了したものと思われる。父はこのあと、死去した昭和二十二年二月までの一年足らずの間に、以前出版した『晶子秀歌選』再版のための見直し作業と、もう一つの著作『晶子鑑賞』の原稿を書き上げており、この二つはそれぞれ昭和二十三年と二十四年に世に送り出されている。

晶子の詠んだ多くの短歌が、その没後七十五年近くたつ昨今に至ってもなお多くの人々に記憶され愛されているのに対し、寛のそれは父がかつて憂い嘆いたように話題に上ることは少ない。しかしそれが彼の短歌が評価に価しないからでないことは、本書を繙いていただければすぐ了解されることと思う。本書では収められた二千首を整理してほぼ年代順に配列してあるので、通読することによって万葉調で始まり、かなり大胆に新しい詩形を模索した『東西南北』から『鐵幹子』を經て、『紫』あたりからいわゆる明星調へ移行し、さらに流れるように進化してゆく変遷を感じることができよう。大正中期あたりから昭和期になると旅の歌が多くなるが、それらもデジタルカメラで風景を撮りまくるような単なる写生歌ではなく、旅ならではの非日常的な事物に接して生じる詩的感情を短歌の形で表現するという寛らしい手法が多くとられているると思う。なお短歌は他の詩歌と同様に文字通り「歌」の一種である。歌の鑑賞であれば歌詞を文章的に吟味することと同時に、音楽的なリズムを確かめることも重要であろう。寛の短歌もその三十一文字を単に眼で追ってよしとするのではなく、是非口ずさんで耳でも鑑賞していただきたいと考えるが、如何であろうか。

二千首あまりの短歌を収めた本書の原稿に眼を通している過程で、寛が生涯を通じて尊敬した三人の人物が私の脳裡に浮かび上がってきた。まず挙げられるのは明治二十五年にその門をたたいた萩の家先生こと落合直文である。寛が厳父に導かれて入った和歌の世界を脱け出し、やがて今日盛行している短歌へと続く新しい作風を創造したきっかけが、国文革新を指向していた直文との接触にあったことは明らかであろう。時には日常の生活面も含めた密接な師弟関係は明治三十六年に直文が没するまで続いたが、とくに『東西南北』の上梓や新詩社結成にあたっては直文の大きい支援があったという。寛はこれに報いて萩の家先生を悼む多くを詠っている。

お二人目は萩の家先生に紹介されて教えを乞うことになった森鷗外である。ただ『東西南北』によせた序文詩「東西南北に題す」の署名の件で鷗外の不興を買い、多少疎遠になった期間もあったらしく、創刊以来明治三十七年までの「明星」誌上には鷗外の作品はほとんど見あたらない。しかし明治三十八年日露戦争で大陸にあった鷗外から留守宅へ送られた絵はがきの短歌を集めて「明星」に掲載した萬里のはからいなどで関係は修復し、その後鷗外の呼びかけで明治四十年からはじまったいわゆる観潮楼歌会や、「明星」の廃刊を受けて創刊された「スバル」へのお互いの関与によって、さらに密接な関係がつづくことになった。たとえば明治四十三年に刊行された明星調の集大成ともいえる寛の歌集『相聞』によせた序文で鷗外は「與謝野寛君が相聞を出す。これ丈の事實に何の紹介も説明もいる筈がない。一體今新派の歌と稱してゐるものは誰が興して誰が育てたものであるか。此問に己だと答えることの出來る人は與謝野君を除けて外にはない」と述べている。さらに「スバル」の廃刊後、まったく機関誌をもたなかった新詩社が大正十年に「明星」の復刊を計画したとき、寛が真っ先に鷗外邸を訪れて意見を求めたのにたいして、鷗外は強い関心を示し、翌月與謝野宅で開かれた発起人会にも率先して出席した。同年九月十一日付けの「鷗外日記」には「與謝野寛、平野久保、石井滿吉至。言刊明星事」、また十月二日付けには「赴明星會于與謝野寛家」とある。寛は後年執筆した自身の年譜に「森鷗外先生を中心とし、永井荷風、高村光太郎、石井柏亭、平野萬里、茅野蕭蕭、高田保馬、堀口大學、竹友藻風諸君、及び晶子と共に雜誌明星を復活す」と記している。鷗外は翌年七月に逝去するまでの短い期間ではあったが、復刊した明星（第二期）に「古い手帳から」と題した巻頭シリーズ（其一〜其九）を寄稿してその発展を応援していたので、その逝去はようやく軌道に乗った明星にとって大きな痛手であったに違いない。寛は直ちに鷗外の好意に報いるべく「明星」の第二巻第三号を「鷗外先生記念号」、続く第二巻第四号を「鷗外先生第二記念号」として、多数の知友人あるいは後輩による鷗外追憶の文を収録した。さらに萬里と相談して鷗外全集の刊行を企て、紆余曲折はあったが鷗外全集刊行会発行の鷗外全集が世に出ることになった。なお鷗外の臨終から葬儀までを詠んだ寛の四十首は本書の「涕涙行」に収められている。

最後のお一人は咢堂尾崎行雄である。咢堂は大正三年に新詩社の同人になった。といっても傍系の「スバル」が前年で廃刊となり、機関誌をまったく失っていた時代であった。おそらく短歌の添削を寛に依頼するための入会であったと思われるが、この縁でその後の長いおつきあいが始まった。短歌の添削という点からみれば寛は咢堂の師であり、この役目は昭和十年に寛が死去したあと昭和十四年末までは晶子が、そして翌十五年から二十一年末までは萬里が引き受けた。萬里が添削を担当していた期間に、歌稿とともに送られてきた咢堂の添書十数通は私が保管しているが、肉太のペンで用件を簡潔にしかも添削者への敬意を込めて記されているのが印象的である。一方寛は、衆議院議員、東京市長、そしてふたたび衆議院議員として憲政擁護の立場から活発な政治活動をしていた咢堂を信念に生きる政治家として深く尊敬し、短歌の師弟を越えた親しい交友関係が結ばれていった。軽井沢にあった咢堂の別荘莫哀山荘を訪れて歓談することが多く、北信の旅で得た歌のなかにしばしばこの山荘の名があらわれる。また逗子の尾崎邸風雲閣に京浜地区の冬柏同人諸氏が集まって歌会を開いたこともあったし、風雲急を告げるなかでの咢堂の渡米にあたり壮行会を開いたこともあった。寛の通夜に遠路足を運んだ咢堂は、悲しみの晶子と長時間故人を偲んで話し合った。このとき同席していた萬里は

とぶらひの咢堂翁に夫人いふ牡丹も遂に見ずなりにけり

と詠んでいる。二人の話題の一つは……五月になったら横浜市金沢の牡丹園で美しく咲いた牡丹を鑑賞してから風雲閣に移って歌会を開くという咢堂の提案をうけて、参加者の人数を指折

り数えて楽しみにしていたのに、その日を待たずに逝ってしまった寛の無念さは如何ばかりか……だったと思われる。

最後に父萬里が寛とお近づきになり、その後長くご厚誼を賜った経過を記させていただきたいと思う。森鷗外の長男於菟が誕生直後から五年間近く平野家で養育された縁で、少年時代からしばしば森家を訪れていた父は、中学二年生のころ鷗外から詩歌集『東西南北』を与えられ、與謝野鐵幹という人の存在を知ったという。次第に文芸に興味をもつようになった父が新詩社へ入会したのは、中学を卒業した明治三十四年、つまり二十世紀最初の年だった。「明星」の創刊から一年後であり、また寛が晶子と結婚した年でもあった。新詩社社友として投稿した作品が次第に「明星」に掲載されるようになり、さらに月例歌会の常連にもなった明治三十六、七年頃に生涯の筆名となった「萬里」を寛から贈られ、また歌会での萬里を詠んだ寛の一首

十八の萬里が歌の口疾さをかたぶき聴けば世に足らぬ無し

は、寛・晶子共著の歌集『毒草』に収められた。

明治三十八年頃から「明星」の編集を手伝うようになった父は、同四十一年に「明星」の廃刊が決定的になったとき、石川啄木、吉井勇と諮って新たな受け皿として雑誌「スバル」の創刊を企画した。同年十月七日の「鷗外日記」には「夜與謝野寛、平野久保、佐佐木信綱來話す。與謝野は明星終刊の事を議るなり、平野は昴初号の事を議るなり、佐佐木は國民歌集の序を推

蔵せんとて來ぬるなり」とある。また「スバル」の廃刊で新詩社がしばらく機関誌を待たない状態がつづいた大正十年には、與謝野夫妻とともに「第二期明星」の刊行に尽力した。さらに鷗外の死去を悼んで寛が鷗外全集の刊行を計画したときは、寛の意を帯して森家の嗣子である於菟（萬里と乳兄弟）や刊行に難色を示していたしげ子未亡人との折衝にあたり、刊行事業がはじまってからは小山内薫、森潤三郎とともに編集業務の中心となった。

こうして節目ごとに寛を支え新詩社の発展をはかってきた萬里であったが、そのなかでもっとも力を尽したのは、三たび機関誌のない状態になった昭和初期に、徳富蘇峰の慫慂と與謝野夫妻はじめ新詩社主要同人の賛同を得て雑誌「冬柏」を創刊し、主幹として編集経理両面の基礎固めをしたことであろう。三年あまりをかけて安定した刊行が続く見通しがついた段階でその後の経営を寛の手にゆだねたが、同誌は寛の没後も戦禍のため休刊になる昭和十八年末まで順調に刊行され、新詩社系歌誌の中でもっとも長く続いた雑誌となった。

寛は昭和十年三月、満六十二歳で急逝したがその直前、自らが編集した冬柏第六巻第二号に愁人雑詠と題した十九首を掲載し、その最後尾につぎの三首を置いている。

足るなかに唯一事の寂しきは萬里歌はず此の三とせほど
わが歌の型に入るをも云はん人まことに萬里君にあらずや
わが萬里少年の日も今日の日も情あまりて云ふは片はし

結果的に、三十四年間一貫して傍らにあった萬里にたいする寛からの最後のメッセージになった三首であるが、寛がなぜこの時点でこれを「冬柏」に掲載したのか、なにか因縁めいたものを感じる。そして三月二十八日におこなわれた寛の葬儀で、萬里は葬儀委員長として式を取り仕切り、さらに門弟代表として弔辞を述べて永年の温情に報いた。その後も四十九日法要にあわせた『與謝野寛遺稿歌集』の編集と出版、一周忌法要にあわせた墓碑の建立、また七回忌法要にあわせた『采花集』の編集と出版などを主導して、晶子を援けている。

先生に代るものとてなけれども夫人を圍み秋の歌詠む　（初彼岸會にて）

「あとがき」として、編者萬里の遺した原稿を単に整理しただけの、しかもまったくの門外漢である私が、本書の内容と直接関係のない雑文を記すことには忸怩たるものがあるが、ご寛恕を乞う次第である。私のわずかな思い出といえば、幼少の頃両親に連れられてお宅へ伺うたびに、鬼と化した寛先生に追いかけられて座敷から廊下と逃げ回って最後は捕えられ、両手で頭の上に抱えられて泣きべそをかいたことくらいである。父よりもだいぶ背丈の高い寛先生の頭上から見下ろすと、はるか谷底のような床が怖かったのであろう。一方晶子夫人は必ずお菓子をくださったし、末女の藤子さんはいつも庭で夕方薄暗くなるまで泥遊びにつきあってくださった。幼かった私にとって、地獄と極楽の同居する與謝野家だったのである。

筆をおくにあたり、ご多用のなか巻頭に序文をお寄せいただいた三枝昻之先生に心からのお礼を申し上げたい。江戸から明治への国家としての変革を追うように始まった和歌から短歌への改革、その尖兵とも云える寛の歌人としての資質とそれを写し出す作品の数々をお示しくださった長文でしかも密度の濃い序文「大白鳥となりて空行く――與謝野寛の魅力」は必ずや本書を繙くすべての方々に大きい感銘を与えることであろう。先生のご好意には、地下の寛も、また萬里も大いに喜んでいることと思う。

また出版にあたり田村雅之氏はじめ砂子屋書房の皆様のよせられたお力添えに厚くお礼申し上げる。

平成二十九年二月　　萬里の没後七十年にあたり

平野千里

索引

凡例

一　所収全作品の初句を表音式五十音順に配列し、その所収章題名（略称）と掲載頁数を示した。

一　初句が同じ作品は第二句まで記した。

一　振仮名は全て省略した。従って、同じ漢字の語句でも訓み方の異なるものは、それぞれの訓みに従って配列した。

一　章題の略称は、本書所収の標題の頭二文字とした。

あ行

相川の
　—月てる磯の…………越佐 一六二
相見れば
　—紋平坂に…………越佐 一六二
愛しつつ
　—山の夜霧を…………満蒙 一八三
あかつきの
　—鞍馬の湯ぶね…………洛外 二二〇

赤池の
　—池の平の…………山山 二七九
赤倉の
　—高き茅原を…………山山 二七九
青海の
　—あが歌へば…………越佐 一六六
あがぎれの
　—あをあをと…………高葉 二六
　—鴉と 九一
青海の
　—あが池の…………嶽影 三三
青海に
　—あをあをと…………越佐 二六〇
逢ふごとに
　—殘花…………殘花 三三二
　—鐵幹 三三
　—熱海 三三〇
青立ちし
　—早春 二五〇
青空に
　—空郎 二三五
青空が
　—老孃 二六三
青空に
　—相聞 四二
青き湯の
　—南信 三五七
仰ぎ見て
　—近畿 三七
青き湯の
　—末の少女と…………嶽影 三三
赤膚に
　—四國 三三
赤膚の
　—石山 二二四

霜の色しぬ…………茅花 一二四
瀬田の水より…………右山 一六七
あかつきは…………四萬 一三三
赤とんぼ…………四萬 二三二
あかねさす…………山陰 二〇二
赤膚に…………相聞 四二
赤松の…………嶽影 三三
　—愛宕のホテル…………洛外 二四〇
　—かの大空も…………
秋山の
　—あけがたの…………鴉と 二一〇
　—浪、通り雨、…………鎌倉 二一〇
　—溢るるは…………爐上 二〇一
　—ものを思はぬ…………近畿 一五五
蛉きたり…………四萬 三二
虫すべて…………茅花 二一一

新しく…………鴉と 九二
秋晴れぬ…………西海 二四〇
秋晴れぬ…………西海 二三七
むらさきに澄む…………慈人 二三二
熱き湯を…………四萬 一三三
あな寒し…………四萬 一三三
あな暑し…………近畿 二二七
新しく…………鴉と 九四

末の少女と…………嶽影 三三
驢馬なく聲も…………老孃 一七
驢馬なく聲も…………東西 三二
我をいたはる…………鴉と 一七
自ら歎く…………石榴 一五五
天城をば…………空郎 二五三
天城より…………
浅草の…………相聞 六二

秋の雨…………相聞 四二
秋の來て…………相聞 四二
秋の野の…………沙上 一六七
秋の人の…………沙上 二〇一
秋の日の…………鴉と 八〇
愛宕に見れば…………石榴 一二四
尾花峠に…………洛外 二〇〇
豊前豊後を…………豊前 二三四

霜の色しぬ…………
末の少女と…………

朝出でし…………越佐 一五五
天草の
　—いさり男たちの…………西海 二三二
　—十三佛の…………西海 二三六
　—白き夜明に…………西海 二三六
　—巴崎なる…………西海 二三六
天の川…………満蒙 一八〇
海人の妻…………鎌倉 二〇九
あまりにも…………爐上 一〇六
天雲が…………峡谷 二六七
あまたある…………相聞 六四
あざやかに…………春遊 二五五
浅蟲の…………旅景 一八〇
淺草の…………近畿 一二四
朝早く…………
あさましく…………嶽影 六二

阿蘇平…………相聞 五三
阿蘇の山…………相聞 五三
阿蘇もまた…………西海 二三三
阿蘇ゆけば…………相聞 五三
新しき（あたらしき）…………空郎 二五五
網形に…………爐上 二〇六
雨怒り…………北陸 二〇六
天が下…………山上 二六七
雨しろく…………嶽影 一四二

足柄に…………山溪 二二一
足なへも…………鴉と 七九
足柄に…………
阿蘇平…………
阿蘇の山…………
阿蘇もまた…………
阿蘇ゆけば…………

索　引

天地と…………南枝 二五
天地に（あめつちに）
　―あなかたじけな…南枝 二六〇
　―我れは足るひと…南枝 二六〇
あめつちの
天地を（あめつちを）…山泉 二二二
　―うたた樂しと……鴉と 一九
　―心としたる………愁人 二五六
雨に濡る……………北陸 二五六
雨の雲………………北遊 二三三
雨ふりて
　―前の茅原…………山溪 二三〇
　―雪の解くれば……北陸 二五
雨止まず……………鴉と 八〇
粗けづり……………諏訪 二六
嵐、嵐、……………鴉と 八七
あらし吹く…………東西 三一
争へる………………相聞 六〇
荒山の
あら山や……………四萬 二二四
荒らかに……………霧島 一九二
あらはにも…………爐上 一〇九
あるはにも…………旅景 一〇
あるは唯だ（有るは唯）
有るべくて…………愁人 二五一
あるものは

淡かりし……………伊豆 二三九
あはれただ
あはれなる…………生面 二二七
いざ出でて…………北陸 二〇九
いざさらば…………東西 一三〇
　―小鳥の胸よ………相聞 六一
いざと云ひて………鴉と 九一
　―隣の國の…………相聞 六七
吾を如何に…………萬葉 二一四
言譯の………………石榴 一二四
云ひわけを…………茅花 二三三
言ふ如く……………石荒き 三六
家無くて……………山溪 二三〇
家にゐて……………越佐 一六一
家刀自に……………相聞 六五
家妻は………………相聞 五三
家建ちて……………北遊 二五一
　―石狩の……………四萬 二三二
石のかど……………石荒き 二三三
石の階………………石荒き 二三五
「石ひとつ…………愁人 二四六
石ぶろの……………弟涙 二一七
石山の
石荒き………………霧島 一九二
石臼の………………鴉と 七六
斑鳩の………………南信 四三
怒るとき……………相聞 五五
石を置く……………南信 一五〇
いづこより

池古りて……………索 二三八
いざ出でて…………北陸 二〇九
いざさらば…………東西 一三〇
　―小鳥の胸よ………相聞 六一
いざと云ひて………鴉と 九一
　―隣の國の…………相聞 六七
伊弉冉の
いさり火を…………沙上 一九七
いざ行きて…………東西 三一
鎌倉に………………南枝 二五四
磯ゆきて……………空卽 二五四
　―磯山の……………四國 二二六
磯山に………………天地 一三二
磯松に………………北陸 二〇九
磯松の………………愁人 二三七
磯の夜の……………愁人 二五七

「石ひとつ…………愁人 二四六
石ぶろの……………青根 二一七
石山の
石山の………………石山 一六六
石荒き………………霧島 一九二
石臼の………………鴉と 七六
―石狩の……………北遊 二三二
石のかど……………四萬 二三三
石の階………………相聞 二三五
いただきの…………相聞 六七
いただきに…………西海 二二三
　―我れは死なじと…東西 三一
　―欲おほき身を……鴉と 七七
いたづらに
板船に………………嶽影 一四二
板敷に………………南枝 二六〇
板敷の………………近畿 二三八

磯敷に………………南枝 二六〇
磯ゆきて……………鎌倉 二〇九
磯山に………………四國 二二六
磯山の
磯松に………………天地 一三二
磯松の………………北陸 二〇九
磯の夜の……………愁人 二五七
いざ行きて…………東西 三一
いさり火を…………沙上 一九七
伊弉冉の……………相聞 六七
いざと云ひて………鴉と 九一
いざさらば…………東西 一三〇
いざ出でて…………北陸 二〇九
磯古りて……………愁人 二三七

一切を………………爐上 一〇五
一切に
一輪は………………茅花 二六四
市人が………………老孃 二六六
市人と………………鴉と 九六
老孃
　―蘆みせんとせし…爐上 九一
　―さなもてなしそ…諏訪 二六九
　―沙湯の人の………霧島 一九五
いつしかと…………青根 一六九
磯の月………………爐上 一六五
磯の湯に……………山泉 一三一
　―富士に雲無し……嶽影 一四〇

いち早く……………相聞 六四
一大事………………相聞 六五
いたましく…………鴉と 八七
いたはしく…………爐上 一五一
いたちしるし………嶽影 一四二
急がしく（いそがしく）
池に來て……………鴉と 八六
池ありて
幾點の………………伊豆 一〇四
幾重にも……………南信 一四七
幾さぶね……………相聞 六六
幾たびか……………鴉と 七二
いくたびも…………秋景 二一〇
　―歌ひ出でんと……山よ 二七七
　―筆を著けまし……愁人 二四二
伊豆の春……………熱海 二三九
いづれにか…………洛外 二三九

—野竹むらむら……茅花 二七一
—我がくぐり來て……愁人 二五一
—一尺の……山上 二六五
—一生に……
—五人の……
—五歳にて……相聞 六一
いつの世も……相聞 五一
—いつ見ても……霧島 一九一
—偽りを……石榴 一四五
—凍てし雪……山溪 二六九
—伊東なる……伊豆 二六八
—伊東より……秋景 二六九
—伊藤をば……相聞 六六
—いとまある……南枝 二六一
—ゐならぶは……相聞 五一
—いにしへに……毒草 四〇
—斯かりき心……相聞 四三
—菅家も過ぎし……西海 三三四
—蕭愴の國……満蒙 二九八
—千日姫は……越佐 一六〇
—大守の庭に……霧島 一九一
—頬を寄せ股を……山泉 一一三
—寝ね難し……石山 一六七
—稲の香と……旅景 一七九
—命をば……山泉 一一四

（二段）

井のもとの……相聞 四九
疵ありて……相聞 四四
今一度……石榴 一四二
戒めて……相聞 四四
今過ぎし……山上 二六七
今にして……樂 三六
—思へば兄の……
—思へば我れの……鴉と 二二五
—つくづく知るは……豊前 二二四
—鳥帽子が岳の……嶽影 二三七
今はわれ……
今はとて……
鑄物師の……
入海の……熱海 二三〇
—山の泉に……熱海 二三九
今も猶……山上 二五二
巖の影……霧島 一九一
岩裂けて……峡谷 二六八
岩岩の……満蒙 二六二
岩の……空即 二五六
岩手山……北遊 二三六
岩に居て（岩にゐて）……北遊 二三六
岩つばめ……残花 二三一
岩の山……豊前 二二二
—思へる我れを……愁人 二五二

（三段）

岩橋を……萬葉 二二
岩山の……
—うへに現れ……相聞 一四二
—海に臨める……空即 二五二
疑ひも……石山 一六七
岩を撫で……四萬 二四
ゼルレエヌ……老癈 二六三
歌ひ我れ……燿上 二七一
歌よまば……伊豆 二三三
牛よりも……半面 二三六
牛臥の……山上 二二四
牛若の……洛外 二三六
—我れを吸はんと……越佐 一六七
—沙を食らへる……鴉と 九二
—馬の來るには……鴉と 六六
—九谷の椀に……北陸 二〇五
うきことは……愁人 一四一
浮ぶもの……嶽影 二三七
うかびつつ……青根 一六五
うちがはの……山陰 二〇二
内浦の……北陸 二〇五
歌よめば……北陸 二〇六
歌ひ我れ……伊豆 二三三
歌ひつつ……沙上 二〇〇
うづだかき……涕涙 二一七

薄月と……山よ 二七五
薄月夜……相聞 五六
—歌ひつつ……沙上 二〇〇
疑ひも……相聞 二七〇
—海に臨める……西海 三三二
歌よまば……伊豆 二三三
歌よめば……北陸 二〇六
内浦の……北陸 二〇五
うちがはの……山陰 二〇二
うちこぞり……涕涙 二一七
うちつけに……鴉と 八二
うちつれて……
うちなびき……諏訪 二七〇
内ひろき……西海 三三二
美しき（うつくしき）……
—音樂となり……北陸 二〇五
—太陽七つ……燿上 一〇〇
—竹子の唄の……諏訪 二七一
—名取の川を……青根 一六五
囃ばかりを……鴉と 七七
うす紅き……鴉と 七七
うす赤く……北遊 二三二
—青く野火もえ……鴉と 七六
—橙染みて……鴉と 九五
—世を跳び越えて……燿上 一〇四
美しく……
有珠が嶽……北遊 二三四
うつし世に……

索　引

移り去る……………鎌倉　二〇六
垂髫兒に……………空即　二九四
うなじより…………高葉　二六
海底の………………相聞　四
うなだれし…………相聞　四
馬すべて……………欅之　六六
馬の食ふ……………春遊　二六六
馬載せて……………相聞　五〇
生れしは……………高葉　二七
うまれつき…………相聞　六一
海青く………………春遊　二六六
海あせて……………越佐　二六六
海荒れて……………旅景　二六六
海こえて……………山よ　二六六
海すこし……………鴉と　二八五
海たかし……………山泉　二二三
海遠く………………相聞　五一
海なぎて……………相聞　二六七
海に出づ……………山よ　二六七
海に出て……………越佐　一五九
海に來て……………満蒙　一五二
海にして……………伊豆　二六〇
海の青………………満蒙　一五八
海べより……………越佐　一六〇
海を見て……………満蒙　一五八
海をば………………老癡　二九二
　—春の使の………北陸　二九五
　—吹雪を送る……空即　二五八
梅多き………………折折　一七二
梅多く………………早春　二六九
梅が香の……………早春　二九一
梅の村………………山よ　二六六
梅の實の……………老癡　二六三
梅の花………………春遊　二五五
梅嗅げば……………相聞　二五〇
梅古りて……………早春　二五〇
梅を出で……………熱海　二三〇
梅を見て……………早春　二五一
うも畑の……………高葉　二五
うらがなし…………愁人　二五
うらがるる…………相聞　二四九
占ひて………………相聞　二四三
羨まし………………愁人　二四六
うらわかき…………相聞　二四六
うら若く……………鴉と　二八五
うれしくも…………相聞　二六二
繪圖の水……………相聞　六六
枝引けば……………山上　二六六
屠見きて……………相聞　五一
えにしありて………鎌倉　二一〇
江の島の……………埋木　二一〇
繪を知らぬ…………高葉　二一〇
園を知らぬ…………鎌倉　二一〇
園のおく……………霧島山　一九二
園の木が……………老癡　二六三
　—柑子を掛けて…愁人　二五三
園のぬし……………西海　二三二
　—掌二つ…………西海　二三二

老い鼠………………南枝　二六三
　—七つの紙鳶を…鎌倉　二一一
老の身の……………早春　二九一
　—奈良の佛の……愁人　二二四
横柄に………………相聞　五五
　—をををしくも…鴉と　八三
大雨の………………相聞　五五
大ぢしん……………石榴　一九六
大いなる……………相聞　五七
大空の
　—天命のまま……涕涙　一二五
　—塵とは如何が…相聞　四一
　—我れの姿の……相聞　五三
　—まろき不思議の…南信　一四九
大月の………………嶽影　一三二
　—酒の甕を………南信　一四八
　—炬燵の上に……南信　一四七
　—傘に受くれば…爐上　一〇二
　—半に淺間………山山　二六一
　—富士を仰げば…秋景　二六六
太田府の……………備前　一六三
大地を………………相聞　四一
大地に………………鴉と　八五
大詰の………………爐上　九九
大寺の
　—假の御堂の……旅景　二六〇
　—塔のかなしさ…鴉と　八二
大浪の
　—長く限れる……鴉と　八三
大方の（おほかたの）
　—はろばろと見て…爐上　一〇一
　—未だ思はぬ……相聞　六七
　—筆とる人に……天地　一二九
大名牟遲……………霧島　一九二
大橋に………………相聞　六二
大幅の………………鴉と　七二
大濱の………………相聞　五七
大船が………………鴉と　八四
大吹雪………………北陸　二〇八
大水の………………鴉と　八〇
大室の………………秋景　二六九
大きなる……………鴉と　七二
大形の………………空即　二五四
大海に………………愁人　二二四
大海の………………越佐　一五六
大海を………………鴉と　八三
岡崎や………………霧島　一九二
丘に來て……………老癡　二九一
沖晴れぬ……………秋景　二六六

奥箱根…………旅景　一六〇
おくやまの………旅景　一六
幼き日…………茅花　二六一
をさなくて
をちかたに………石山　一六六
をちかたの………越佐　一六六

木立の末に………嶽影　一四
富士川の水………嶽影　一六
駱駝の小屋の……鴉と　六八
男みな…………山陰　二〇四
をとめ子の………紫　二六
音も無く…………爐上　九
踊りつつ
踊場を…………満蒙　一八
驚かす
己が世の…………鐵幹　三五
おのづから………満蒙　一八
　　　　　　　　　愁人　一九

あるに任せて……折折　一七二
石の屛風の………石山　一六六
愁はきたる
風の開ける………埋木　二九
大氣の童…………愁人　二五〇
斧とりて…………相聞　四
おばしまに………萬葉　二四
おもひでを………鴉と　八二
思ふこと…………嶽影　二四
思へかし…………伊豆　二三六

和蘭陀の…………四國　二三五
をりをりに
帰り來て…………老癩　二五五
楓みな…………北陸　二〇七
—峰黒くして………南遊　一九五
親無きか…………春遊　二六六
面痩せて…………満蒙　一六六
—ほとり迫平の…霧島　一九五
開聞の…………北陸　二〇六
櫂とりて…………沙上　一六
外套を…………鴉と　一九

か行

—内の焰を………山泉　二一〇
—涙ぐむまで………老癩　二五五
かがやかに………毒草　四〇
かがり火の………西海　一三四
かかり船…………春遊　二六五
加賀領の…………北陸　二〇八
かかる歌…………折折　一七五
かかる夜の………右山　一六六
垣ごしに…………相聞　六四
書きさして………金網　二七九
垣のそと…………天地　一三一
限ある…………空卻　二六四
かぐはしき………鴉と　八二
かぐるま…………南枝　一七九
傘すぼめ…………南枝　二六二
金鍋に…………萬葉　二六

風出でて
風おちて…………越佐　一六七
風寒し…………沙上　一六七
風無くて…………東西　一三〇
風吹けば…………南信　一五四
肩寒し…………諏訪　一七〇

片隅に
—ありて耳をば……爐上　一〇三
—來て寝し賢女の…鴉と　二〇
悲しくも…………沙上　一七六
かなしみて………満蒙　一九〇
かなしきは………相聞　六六
鼎をも…………天地　一三一
金網に…………鴉と　二七九
葛城の…………愁人　二五五
かたはらの………相聞　二七一
語ること…………鴉と　二一一
片膝を…………山泉　二七〇
片時は…………秋景　二六〇

片隅の…………半面　一二六
愁涙　二二五
を見つつ………鴉と　二七二
綠青の附く………鴉と　二七一
牡丹を見つつ……茅花　二七二
女ある…………鴉と　七一
女たち…………鴉と　七二
かがやかに
限ある…………

賢きは
—過たずとも………老癩　二六六
—我がよきことを…相聞　四九
かにかくに………萬葉　二六
かしは手を………老癩　一七六
がす白く…………鴉と　八九
かづらして………北遊　二一一
かの基督…………相聞　四九
かの少女…………鴉と　八三
かの隅に…………爐上　一〇五

外苑の
海峽を…………春遊　二三一
—霧の滿たせば……北遊　二一一
葛もて…………鴉と　八一
—少し遅れて………北遊　二一一
街道と…………洛外　二四〇
風荒し…………爐上　一〇五

かの空の……鴉と　八六
かの月の……備前　二六五
かの寛に……相聞　四九
樺の木に……鴉と　八二
カフエより……爐上　一〇六
壁崩えて……萬葉　二六
蟷螂は……相聞　四五
鎌倉に……早春　二八九
嚙みくだき……爐上　一〇七
上諏訪を……南信　一五二
髪濡れて……山山　二七八
加茂川に……萬葉　二五
加茂川も……鴉と　七五
茅原の……愁人　二四一
茅原も……茅花　二七二
かよわなる……相聞　五六
からからと……東西　二九
鴉きて……鴉と　八九
硝子ごし……諏訪　一七〇
硝子の間……鴉と　七〇
韓にして……東西　三一
かりそめに
―安藝へ下ると……相聞　五八
―阿蘇の火となり……相聞　五四
かりそめの
―言葉より成る……半面　一三七
―旅と思はず……北遊　二一三
雁を聴く……相聞　六三
輕井澤……山上　二六六
かれがれの……鴉と　七六
枯木より……愁人　二四三
枯草に……山泉　一一三
枯すすき……諏訪　一七一
枯れながら……諏訪　一七一
彼らみな……鴉と　八五
かろかりし……爐上　一〇五
川上の……西海　二三六
川隈の……相聞　五四
川ちかく……南信　一四九
川之江の……四國　二三七
川の洲に（河の洲に）
―下り立ちつれば……春遊　二五八
―子らと踊りぬ……萬葉　二八
川のもと……南信　一五三
川端に……石山　一六七
川端の
―大煙突の……鴉と　八四
―わが高き家……相聞　四六
河見えず……山溪　二一九
瓦やく……四國　二三六
河原より……鴉と　八四
代りつつ……早春　二九一
考へて……愁人　二四八
寒ざくら……早春　二九〇
乾漆か……爐上　一〇〇
神無月……相聞　六七
甲板に……沙上　一九七
汽車にゐて……旅景　一七九
汽車を待つ……近畿　二一七
起重機を……愁人　二四七
木曾節の……諏訪　一七一
北がはの……嶽影　一三九
來らずと……半面　一二七
來り見よ……鴉と　九三
段をなす……愁人　二四三
來て逢へる……山陰　二〇五
衣朽ちて……鴉と　七五
衣裁たば……萬葉　二八
昨日今日……鴉と　九六
氣のすこし……爐上　一〇七
黄ばみたる……石山　一六七
黍がらの……半面　一三六
君が庵……愁人　二四五
君が家……相聞　六〇
君が上を……相聞　五七
君歸る……相聞　六七
君が髪……鴉と　七一
君が著る……鴉と　七四
君が子と……折折　一七五
君が馬車……鴉と　七三
君戀ふる……相聞　五五
君と云ふ……相聞　四二
君なきか……相聞　五七
君に告ぐ……爐上　九八
君の著る……鴉と　七四
君見れば……鐵幹　三四
君もまた……鴉と　七〇
君を見る……鴉と　七八
今日さらに……西海　二三六
今日訪へば……山よ　二七八
京の北……相聞　四六
今日の日も……旅景　一七九
京洛の……鴉と　八三
極端を……爐上　一〇八
清水の……鴉と　七三
清らなる……嶽影　一四二
清らにも……鴉と　八〇
嫌ひなる……折折　一七四
霧青く……山溪　二一九
霧消えて……愁人　二四三
切厓に……越佐　一五六
切厓（崖）の（きりぎしの）
―固きには似ず……春遊　二五八
―土に危く……四萬　一二三
―松より上に……沙上　一九九
―下に路あり……折折　一七五
きりしまの
―しら鳥の山……霧島　一九三

—深き林は……………霧島　一九二
—森のしづくに………霧島　一九五
ギリシヤの……………熊笹の　二五五
霧しろく………………球磨の人　二六
桐の葉の………………霧ありて　一九六
霧下りて………………越佐　二九六
霧早し…………………天地　一三三
霧過ぎて………………山泉　一三三
霧ふりて………………嶽影　一四二
銀柳を…………………霧立ちて　二三二
金を延べ………………山溪　二三一
くき赤き………………西海　二三四
草遠く…………………鴉と　八一
草の色…………………相聞　一六九
草の上に………………折折　一七一
草の上の………………折折　一七二
草の香と………………折折　一七二
草のなか………………折折　一七三
草のはて………………折折　一七三
草ひかり………………嶽影　一四二
孔雀椰子………………沙上　二〇一
藥持ち…………………老癈　二六四
口あきて………………東西　二九六
くちをしく……………山よ　二九五
口重に…………………相聞　二七一
口疾にも………………諏訪　二七一
くちびるに……………相聞　五六
脣も……………………熱海　二二九
靴底の…………………半面　二二六

國ひろし………………満蒙　一六九
雲立ちて………………殘花　二三一
雲飛べば………………西海　二三六
雲なくて………………西海　一五六
雲のうへ………………四國　二三五
雲のごと………………南信　二五一
雲みな（雲は皆）……南信　二五〇
雲はみな………………近畿　二三七
ころもの如く…………慈人　二四一
—浮世に出でて………西海　二五二
雲間なる………………西海　二三二
雲を見ず………………相聞　二四三
雲を見て………………索　二三五
—今得し歌の…………東西　二九一
—灰をば思ひ…………山泉　二二三
—我等と由布に………青根　一〇三
クヤオの村……………青根　一二五
悔しけど………………索　二二五
縣の知事………………伊豆　二三九
倦怠が…………………高葉　二四一
賢聖を…………………鐵幹　二二五
原人も…………………豊前　二三二
謙信の…………………霧島　一二五
玄海に…………………北陸　二〇二
蹴爪上げて……………満蒙　一八二
黑黑と（くろぐろと）…萬葉　二六一
橡の竝木………………石山　一〇六
—八丈富士を…………爐上　一〇〇
黑けぶり………………沙上　一九六
黑ぢよかの……………相聞　五四
黑瞳がち………………霧島　一九五
鍬打ちて………………相聞　二九六
今朝の富士……………満蒙　一六八
けしきほど……………石山　一六七

くれなみと……………空即　二五二
くれなみに……………索　二三九
紅梅と…………………慈人　二九一
紅梅の…………………早春　二九〇
—椿はな散る…………鴉と　八六
聲あげて………………南信　二五一
聲斷えて………………慈人　二五七
—黑き髪の……………相聞　二四四
肥えたるを……………四國　二三五
氷る田の………………山泉　二二三
こほろぎや……………毒草　四〇
木がくれて……………備前　一六四
木木がくれの…………近畿　二二七
穀倉の…………………爐上　一〇一
ここ過ぎて……………霧島　一九五
ここちよき……………鴉と　七〇
ここに來て……………四萬　一二三
ここにして……………嶽影　一二二
廣告の…………………索　二五二
雑木も石の……………嶽影　一二二
—人の文字無し………相聞　五三
夜毎に逢ふと…………爐上　一〇六
こころざし……………備前　二二七
こころには……………近畿　二一七
こころにも……………茅花　二五三
こころ…………………石榴　一二五
こころよく……………霧島　一〇一
—霧に柳の……………鴉と　七六
—五月幟の……………老癈　二六二
—沙に附けたる………山陰　二〇三
物ともせずに…………鴉と　八〇

318

索引

か行（こ）

こころよし……峽谷　二六七
—危き岩の……鴉と　九二
—高原山を……嶽影　一二
心をも……嶽影　一二五
木下路……沙上　二〇一
午前二時……洛外　二三六
五千里の……内國　二三六
五千里の……嶽影　二三
木立みな……鴉と　一三三
粉煙草を……茅花　二七三
事ごとに（事毎に）
—澁面をして……鴉と　二六
—「ない」とあど打つ……萬葉　二六
琴のあたり……索　二六
事よろづ……鴉と　二六
この朝の……相聞　四一
この五日……山上　二六六
この男……鴉と　八〇
この君を……相聞　六〇
この辛き……相聞　五〇
この少女……相聞　五〇
このなかに……鴉と　七三
この夏は……弟涙　二一〇
この日頃は……熱海　二三六
この日頃……備前　二六四
子の一人……卓春　二六九
この一人……鴉と　七〇
この日まで……嶽影　二四一
この夜頃……嶽影　二四一
子の四人……相聞　四

駒が嶽
込みあへる……旅景　一六八
小麥畑……鴉と　八三
小町寺……洛外　二三六
駒込の……鴉と　八九
金刀比羅の……山溪　二二九
紺靑の……洛外　二三五
勤行の……相聞　四一
こはゑぐき……鴉と　二六
ころべ、ころべ、……石榴　一九五
子らを抱き……石榴　一九四
子等のため……爐上　一〇九
子らのする……慈人　一二六
子ら無くば……石榴　一二六
懲しめて……石榴　一〇二
雜草の……萬葉　一二四
雜草も……石榴　一二四
錯覺は……折々　一七二
笹生ひて……青根　二二

さ行

酒がめを……鴉と　七〇
—すすきを交ぜて……四萬　三四
酒壺に……老癩　三一
三十を……相聞　四一
三人の……北遊　三三
酒飲みて……老癩　二六
酒を見て……鴉と　八七
潮靑く……嶽影　四一
酒をもて……満蒙　一八
潮落ちて
—入江の底の……旅景　一六〇
—春の夜となり……旅景　一六〇
佐渡見えて……山上　二六五
狹丹づらふ……峽谷　二六八
沙漠より……満蒙　一五四
寂しくも
—落ちつくなかれ……老癩　二六四
—東に生れ……爐上　一〇〇
寂しさよ
—心の奥に……爐上　一〇二
—毒を服して……旅景　一七七
—夕の草の……越佐　一六八
さびしさを……爐上　一〇二
皿まはし……爐上　一〇八
沈む日が……相聞　四五
沈まんと……満蒙　一六八
座蒲團を……秋景　二六九
里雛の……石榴　一二五
里の子が……慈人　一二三
薩摩路の
—霧島の……慈人　一九一
札幌の……北遊　三三
四角なる……満蒙　一九〇
四五人が……鴉と　九〇
爲事無き……越佐　一六三
四十をば……弟涙　一二六
侍したまふ……越佐　一七五
しづかなる（靜かなる）……石榴　一二四
心を打ちて……鴉と　八三
—今日の心に……鴉と　八三
洞爺の水に……北遊　三三五
しづかにも……北遊　三三五
境無し……鴉と　七三
さかしまに……相聞　五六
さかづきと……西海　一六二
さかづきは……右山　一六六
さはやかに……右山　一六六
さくさくと……諏訪　一七〇
沙河のもと……満蒙　一五八
作者なる……鴉と　九二
三尺の
—薊のくきの……鴉と
下に匍ふ……戀山
地藏崎……山陰　二〇四
下に見る……嶽影　二二六

319

七月の
——朝の大氣に…………慈人 二五〇
——ひろ葉を叩く………折折 二七六
死出の山………………天地 三二
信濃路や
師の大人を……………相聞 四七
師の墓の
——ひとり戀しと………鴉と 八九
——ともに語れば
師の面を………………山陰 二〇二
しばらくは……………涕涙 二七
死の面を………………南枝 二九
師の墓の………………鴉と 八八
——玩具に似たる………山泉 二一
——君が髪をば…………鴉と 七六
——我れの車を…………満蒙 一八七
西比利亞へ……………爐上 一〇三
四方をば………………山泉 二一〇
島となり
島に見る………………沙上 二九
島の唄…………………春遊 二六七
島の小屋………………沙上 一九
嶋の土…………………旅景 一六
島の山…………………春遊 二六七
島をもて………………青根 一六五
しめさせる……………鎌倉 二一〇
注繩張れる……………洛外 二三九
下總の…………………春遊 二六六

霜うすく………………鴉と 九一
霜葛の…………………山陰 二〇三
霜月の…………………折折 二七五
下津井の………………近畿 二二六
下諏訪の
下加茂の………………栗 二三
霜さそふ
霜しろき………………鴉と 九〇
霜降らで
霜ふりて
釋迦牟尼も……………慈人 二五〇
沙羅の花………………山山 二八一
十字の木………………相聞 四二
霜月の…………………爐上 一〇二
習俗に…………………鴉と 九五
十二時に………………半面 二二七
肅として………………涕涙 二六
十歩に百合……………相聞 六〇
棕櫚の葉の……………鴉と 八九
上衣をば………………春遊 二六七
正月に…………………北陸 二〇五
聖教を…………………相聞 六八
上卿の…………………老癈 二六三
瀟湘に…………………西海 二三二
少女來て………………殘花 二三三
消息の…………………洛外 二三九
下總の…………………
正面に…………………北遊 二三二

正面の…………………南信 一九五
書齋の書………………折折 二七五
書齋より………………鴉と 九三
序に出でて……………沙上 一九六
師を見れば……………鴉と 八六
しら樺と………………満蒙 一六五
寝宮に…………………慈人 二五五
眞實の…………………南信 一九五
——月見草とを…………沙上 一九六
沈の木の………………峽谷 二六八
炊事場の………………早春 六一
水前寺…………………相聞 六六
白枯れて………………山泉 六二
しら露を………………鴉と 七六
しら露も………………折折 一七二
しら玉の………………爐上 一六〇
すゑの物を……………四國 一三六
末の兄が………………四國 一〇九
末なりの………………鴉と 七一
水盤に…………………茅花 二七二
水仙の…………………旅景 一七七
しら菊の………………鴉と 八八
しら樺の………………越佐 一〇三
——燒石原を……………山山 二六〇
——しろ百合の…………相聞 一九七
——咳ぶけば……………早春 二六九
城山の…………………霧島 一九一
——しろ百合の…………相聞 五七
——ひとつ過ぎ去り……殘花 二六八
——しばし面を…………嶽影 一四一
城山に…………………霧島 一九一
——銃聲起る……………満蒙 一六八

しら雲は………………嶽影 一四〇
しら雲と………………旅景 一七六
しら菊の………………鴉と 八八
白枯れて………………越佐 一六七
城あとの………………西海 一三七
不知火が………………
しら露を………………折折 一七二
しら露を………………鴉と 七六
すゑ立てる……………爐上 一六〇
杉のうへ………………越佐 一五四
杉古りて………………越佐 一六〇
すくすくと……………南枝 六一
すこやかに……………鴉と 九一
すすき原の……………南信 一五二
すすき原………………西海 二二二
涼しくも………………山山 二七六
涼しさよ………………西海 二三七
雀の子…………………山泉 一二二
裾野行き………………嶽影 一四二

沙にある……備前 二六五
沙に匍ふ……滿蒙 一八八
沙のうへ……鎌倉 二一〇
沙ぼこり
―廣き大手を……南信 一五〇
―輪の形して……南枝 二六一
沙まじり……滿蒙 一八三
沙もまた……老癡 二八三
沙を巻く……山よ 二七六
炭竈の……南信 一五〇
澄みとほる……南信 一四八
隅に立ち……涕涙 一一七
洲より成る……山溪 二三〇
諏訪の街……南信 一五一
諏訪の山……南信 一五二
青雲の……越佐 一五八
世界をも……南枝 二六一
關の湯の……越佐 一五六
鶺鴒が……南枝 二六〇
絶壁の……春遊 二五六
瀬の音や……毒草 四〇
せめて唯だ……東西 三一
芹の芽を……鴉と 八五
千山に……滿蒙 一八六
千山の……滿蒙 一八六
先生の
―觀潮樓に……涕涙 一一九
―たかきところの……涕涙 一一八
―ときどきを知る……涕涙 一一八
―庭に散りたる……嶽影 一三六
―みひつぎのまへ……涕涙 一一九
―やまひ急なり……涕涙 一一五
―病を守れば……涕涙 一一六
―臨終の顔……涕涙 一一六
先生は……涕涙 一一六
先生を……涕涙 一一八
千里をも……諏訪 一七〇
騷音は……爐上 一〇一
壯年に……鴉と 八五
葬のこと……涕涙 一一九
象の背の……爐上 一〇四
雙の手を……涕涙 一一六
そことなく……越佐 一五四
そこのみは……嶽影 一三八
そこまでは……越佐 一五七
袖かさね……石山 一六八
外濠の……相聞 五九
その上の……越佐 一六〇
そのうへを……旅景 一七八
その事に……爐上 一〇八
その父の……愁人 二四八
その父は……相聞 五二
そのなかに
―主人と坐り……備前 二六三
―野尻の水の……越佐 一五七
―春を惜める……老癡 二八三
その人に……爐上 一〇〇
その人は……相聞 五八
そのむかし
―父も越えける……霧島 一九四
―泣くなと我れを……紫 三八
―萬代橋を……越佐 一五八
空かすむ……山泉 一一二
空遠く……南信 一四八
空と草……折折 一七三
空の富士……愁人 二四四
それもはた……相聞 四八
ぞんざいに……相聞 六四

た行

大學の……相聞 五二
大氣なる……愁人 二四七
大山の……山陰 二〇四
橙子と……相聞 五六
大地より……嶽影 一三八
颱風を……沙上 一九八
太陽は……半面 一二六
太陽よ……爐上 九六
大連の
―アカシヤの街……滿蒙 一八四
―港のうへの……滿蒙 一八三
倒れたる……鴉と 七二
尊氏の……四國 二三六
高岡の……秋景 二七〇
高きより……嶽影 一四〇
高田屋の……越佐 一六三
高千穗に……霧島 一九四
高千穗の
―馬の脊ゆけば……霧島 一九四
―急なる坂を……霧島 一九五
―けはしき坂を……霧島 一九四
―坂に幾たび……霧島 一九四
―道にて赤き……霧島 一九三
―山の力に……霧島 一九二
高千穗は……霧島 一九四
高どのは……東西 三〇
高粱の……沙上 一九七
高濱の……西海 二三七
高濱を……四國 二三七
高原の
―つりがね草と……嶽影 一四二
―路のうへなる……西海 二三五
瀧しろく……北遊 二二三
卓の上……老癡 二八二
啄木の……北遊 二二五
啄木は……北遊 二二一
啄木よ……北遊 二二一
竹筏……相聞 六五

竹なびき……折々 一三三
竹をさへ……愁人 二四二
だしぬけに……相聞 五五
たそがれて
—溪より起る……秋景 二七一
—溪青めるは……霧島 一九四
たそがれの
たたずみて
—湖を見る……南信 一五一
—水明りより……南信 一五一
—牧の櫻の……春遊 二六八
唯ひとり……愁人 二三四
唯二人……山溪 二九
たちまちに
—荒きむら山……北陸 二〇五
—松立つ島の……青根 一六五
—我れの涙の……越佐 一〇二
立つ浪も……鎌倉 二一〇
立山の
—雪を仰ぎて……秋景 二六〇
—藤……鴉と 二五二
棚にして……鴉 二五一
棚の藤……秋景 二六九
溪しろく……四萬 一二五
谷ぞこの……霧島 一九三
谷近く……鴉 九一
溪に入り……老癡 二六三
溪の秋……峽谷 二六七

谷のうへ……四萬 一二三
溪の奥……山溪 二三二
谷の底……四萬 一二四
溪の窓……峽谷 二六七
溪の路……北景 二二二
溪間より……四萬 一一四
溪を見る
—田のかなた……洛外 二二九
—山よ……西海 二三五
樂しきか……四國 二二六
樂しくも
—たのしくも……嶺影 一二七
—たのしみを……鴉と 九一
たのみなき……越佐 一六六
たはぶれに……欅之 二六八
たまひつる……空卽 一五六
駄馬ひとつ……越佐 一五六
旅に見る……嶺影 一二七
旅の身に
—田を越えて……半面 一二七
—旅の身も……半面 一二七
旅の身の
—爪哇のくだもの……愁人 二三八
—由布の粽の……西海 二三七
溜りたる……鴉 二五二
ためいきす……相聞 一五九
ためらはぬ……南信 一九三
たよりなき……鴉と 二四二
盥にも……越佐 一六八

たらちねは
—大車前草の葉に……萬葉 三七
—手もて隱くせど……萬葉 三七
—耳しひてこそ……鴉と 二二三
—山寒ければ……愁人 二三四
—飮みならはざる……愁人 二三一
—己が命の……鴉と 二二一
誰もみな（誰れもみな）……春遊 二六六
誰れの子ぞ……相聞 五五
誰の子か……萬葉 三六
たらちねを……天地 三三
たらちねの
俵より……欅之 二六八
俵をば……鴉と 二七一
田をば……鴉 二七二
田を越えて……南信 一九四
地にしばし……鴉と 二三一
地に伏して……泗淚 一六四
他を見つつ……南信 一七六
擔庵の……山泉 一二三
蝶ヶ岳……南信 一六五
蝶を見て……嶽影 一二四
朝鮮の……諏訪 一七六
提燈を……豊前 一五六
小さなる……越佐 一五六
近き木に……右山 二六六
ちかく來て……鴉 二七二
散らばれる……老癡 二六五
筑紫なる……相聞 一六二
筑前の……相聞 一六二
筑摩より……南信 一九八
使をば……茅花 二七四
小き鳥……茅花 二七四
ちち、ちちと……相聞 五五

父と云へば……鐵幹 三三
—父に似ぬ……愁人 二六四
—父の逐ひ……鴉と 八九
—父母の……鴉と 八五
父はやく……相聞 一五四
父も吸ひ……萬葉 三六
千とせ居て……相聞 五五
千とせ經て……滿蒙 一八四
地の上に
—一線を書き……爐上 九七
—時を蔑みする……爐上 一〇二
茶の後の……熱海 二二九
長安の……南枝 一七六
鳥海も……旅景 一七六
血にまみれ……鴉と 九四
杖立てて……筑前 二〇二
ちりめんの……青根 一六四
使をば……茅花 二七四
栴の木の……殘花 二三二
月黃なり……月黃 二三七

鴨跖草を………越佐 一七
月しろき………洛外 一三九
つぎつぎに………弟涙 二二八
月に啼く………近畿 二二八
月の磯………鎌倉 二二一
月の夜の
　—がらんとしたる………愁人 二四一
　—月は我が………右山 二六一
　—深山に聞けば………半面 二六六
月見草………沙上 一六九
月見橋
　—かく簡単に………四萬 二三一
　—ここに來たりて………四萬 二三一
月もいま………四萬 二三一
月もいま………山溪 二二九
筑波嶺の………四萬 二三三
辻に立ち………爐上 二〇二
土にのて………石榴 二四六
土ぼこり………鴉 八〇
つつじ咲く………北遊 二三六
つつましく
つづれ著て………萬葉 二五
　—人の語るに………南信 二四六
　—人の心を………伊豆 二三六
　—山を拜みし………越佐 一六八
常に無く………爐上 一〇九
　—津の國の………相聞 四七
つばき散る………山泉 二二

翅ある………北陸 二〇八
妻
　—妻に別れ………沙上 一九六
　妻のまた………鴉と 七一
　妻病みて………相聞 五二
　—妻を見て………萬葉 二二一
冷たくも………鴉 二四
十あまり………鴉と 七一
遠く見て………鴉 二七
遠く來て………弟涙 二二六
遠く行き………愁人 二四三
十にして………滿蒙 二八七
十ばかり………愁人 二四三
　—藍とセピヤの………南信 二四一
　—淺間の山の………山上 二六六
　山の………山上 二六六
遠山の………南信 二五一
とがりたる………弟涙 二一六
時として………滿蒙 二八七
時として………爐上 一九一
時乏し………老癈 二六五
時無くて………愁人 二六五
時經たり………越佐 二一八
とく起きて………石山 一六一
棘に似る………四國 二三五
德島の
　とこしへに………爐上 一〇一
取らんとて………豐彦と
戸を破り………爐上 一〇一
戸あくれば………越佐 一五五
年ごろの………鴉と 九一

東海の
　—東京の………空卿 二九五
　—東京の………鴉と 七一
峠なる………南枝 二五九
身を責むるにも………山泉 二三二
訪ふ毎に………山泉 二二
利島のみ………空卿 二九五
年わかき
　—折れて………石榴 一七六
嫁ぐ子の………石榴 二四四
土手の木に………石榴 一四四
十とせこそ………相聞 五〇
留まりて………伊豆 五七
留まれば………山上 二二〇
十とせこそ………山上 二六六
帷する………嶽影 二三二
飛ぶ雲に………嶽影 二三二
飛ぶ車………嶽影 二四一
とぶらひに………弟涙 二一六
遠く行き………沙上 二二六
富岡の………西海 二二七
富藏の………弟涙 二一六
去りたるあとに………山溪 二三一
友ひとり………南枝 二八一
ともに老ゆ………南枝 二八一

年長けて（年たけて）
　—梅を見る日の………南枝 二三九
　—身を責むるにも………南枝 二二三
捨てん惜しさに………索 二三一

な行

地震………石榴 一四六
地震きたる………石榴 一四五
地震すこし………石榴 一四六

な憂ひそ……………相聞　六六
なほ生きて……………茅花　二七四
猶出でて……………備前　二六二
直江津を……………越佐　一六六
猶しばし（なほ暫し）
　—海の明りに……………沙上　一九六
　—昨日の夢に……………壚上　一〇二
　—口ずさみつつ……………越佐　一六一
長坂を……………越佐　六五
長崎の……………相聞　一〇二
中島の……………西海　二三六
長長と……………鴉　八七
眺むるは……………鴉　八〇
長らへて……………山山　二六
啼きに啼く……………壚上　一〇一
慰まず……………相聞　四五
慰めて……………山よ　二七五
鳴く鹿も……………高葉　二二
泣くべくて……………泓涙　二一九
投げ入れの……………茅花　二七三
投げをば……………老癡　二六二
投げつけて……………残花　二三二
なさけ過ぎて……………紫　二五
なさけをも……………卓春　二九一
那須ゆけば……………鴉と　九一
なつかしき……………嶽影　二三五
　—鞍馬の聖……………洛外　二三九

　—信濃の山を……………沙上　一九六
なつかしく……………鴉と　二四
なみなみと……………鴉と　二四
　—菊を載せたる……………高葉　二六
な燒せそと……………愁人　二六
　—古りし欅の……………南信　二五〇
夏來れば……………壚上　一〇二
　—鳴る溪も……………沙上　一九六
夏の日の……………四萬　二三〇
何かある……………南枝　二六九
なにか減り……………相聞　二六九
何ごとぞ……………越佐　一六一
なにごとを（何事を）
何事を……………山よ　二六六
　—思へる蟬ぞ……………相聞　八三
　—獨り說くぞと……………峽谷　二六七
　—待てるか誰を……………鴉　七二
なにと云ふ……………四萬　三三
なにかゆゑと……………熱海　二二〇
何故に……………越佐　一六一
浪速江の……………高葉　二二
七日ほど……………鴉　二一
名は呼ばめ……………埋木　五〇
鍋洗ふと……………相聞　二九
鍋かけて……………萬葉　三二
浪怒り……………鴉　五一
浪がしら……………北遊　二三五
庭の隅……………相聞　二九

　—我がある廊の……………越佐　一六五
　—大霧のなかに……………嶽影　二四二
　—吸はんと抱く……………西海　二二四
　—老のきたりて……………壚上　一〇〇
俄かにも（にはかにも）
二丈とは……………山山　二六八
西の窓……………備前　二六二
西伊豆の……………空卿　二三三
西伊豆に……………山家　二二四
二三點……………残花　二三二
荷ぐるまを……………諏訪　一六〇
にくまれて……………嶽影　一四一
何の樹ぞ……………鴉と　八三
南禪寺……………南枝　二三二
男體も……………石山　一六七
汝さへ……………南枝　二六三
濡れにけり……………滿蒙　一八四
ぬれ紙を……………鴉　一七六
菜を咬みて……………萬葉　二六
　—盜人の……………相聞　六六
人間足の……………沙上　一九六
　—鳴る鐘は……………壚上　一〇一
　—わかき盛りを……………嶽影　二六

人間の
　—奇しき強さも……………泓涙　二一九
なみなみと……………鴉と　二四
　—わかき盛りを……………石榴　二五
人間が……………嶽影　二六
　—垂るる幾枝の……………愁人　二六
軒下の
　—荷ぐるまに寝て……………鴉と　九〇
　—瘦せし乞食の……………鴉と　九〇
軒ちかく
　—山と我れとを……………山泉　二二
軒端より
残れるは……………老癡　二六二
　—後遂げん……………老癡　五〇
のちの世に……………相聞　二九
野に來れば……………壚上　一〇二
野のうへの……………壚上　一〇二
野の土と……………滿蒙　一六六
人間が……………滿蒙　一六五
野より來て……………山上　二六七
涙には

は行

乗鞍は　　　　　　　諏訪　一七
野を焼ける　　　　　鴉と　一六
嫩江の
　―青き月夜の　　　鴉と　一六
　―月夜の船を　　　満蒙　一八六
　―宵のみぎはに　　満蒙　一八九
灰色に　　　　　　　満蒙　一八七
俳諧寺　　　　　　　山泉　二一〇
灰をもて　　　　　　鴉と　一二
袴して　　　　　　　南枝　二六〇
萩の家を　　　　　　相聞　一四二
化物を　　　　　　　爐上　一九
箱形の　　　　　　　鴉と　七一
函館に　　　　　　　北遊　二三五
函館を　　　　　　　北遊　二三六
箱根路に　　　　　　山溪　二三〇
箱根にて　　　　　　山溪　二三一
運ぶこと　　　　　　近畿　二二八
橋あまた　　　　　　越佐　一五五
橋下の　　　　　　　四萬　一五三
橋立の
　―久世渡こゆれば　山陰　二〇二
　―松かげの井に　　山陰　二〇三
はしたなく　　　　　爐上　一〇四
初めより　　　　　　相聞　四八
芭蕉葉の　　　　　　相聞　五二
花の木の
　柱四つ　　　　　　相聞　四九
はづかしき　　　　　諏訪　一六六
　―恥かしく　　　　山口　一二六
裸をば　　　　　　　旅景　一七六
花嫁の　　　　　　　鴉と　八一
二十歳にて　　　　　嶽影　一二一
　―極むべかりし　　嶽影　一二一
　―見し日の如く　　嶽影　一二二
二十歳より　　　　　半面　一二六
初秋の　　　　　　　秋景　一六六
　―雲のこころは　　青根　一六三
　―赤きはだかを　　四萬　一三二
　―青木が原の　　　嶽上　一三三
八月の　　　　　　　相聞　一四三
　―先生を見て　　　涕涙　一二七
　―今も空ゆく　　　半面　一二六
濱を吹く　　　　　　山よ　一六六
はらからの
　はらからも　　　　天地　二三二
原の草　　　　　　　山山　二三六
母戀ひて　　　　　　霧島　一九二
母の鳥　　　　　　　山と　一七〇
母蟹の　　　　　　　鴉と　九六
婆羅門ら　　　　　　折折　一七六
薔薇をもて　　　　　折折　一七六
巴里にて
　―金貨を投げて　　爐上　一〇六
　―遊びつつ　　　　鴉と　一九五
巴里をば　　　　　　老癡　二一三

花の香の　　　　　　相聞　六五
花の木の　　　　　　発花　二三〇
花のまま　　　　　　鴉と　七二
華やかに　　　　　　爐上　一九
花嫁の　　　　　　　鴉と　八一
花の夜に　　　　　　石榴　一四二
春の日の
　―ゆふべの富士を　春遊　二六六
　―音戸の狹門に　　相聞　五九
　―土肥の峠に　　　空即　二九二
春の夜に　　　　　　石榴　一四二
春日すら　　　　　　萬葉　二五
ハルビンの　　　　　満蒙　一八九
白石川を　　　　　　相聞　六二
　―比伊の岬の　　　青根　一六三
　―朝の色なる　　　山陰　二〇四
　―天城おろしに　　山と　二六
路ひろくして　　　　満蒙　一八五
熊岳河の　　　　　　満蒙　一八三
はて知らぬ　　　　　熱海　一八二
花賣の　　　　　　　紫　三七
放たれて　　　　　　爐上　一〇二

霹靂神　　　　　　　萬葉　一七二
離れ山　　　　　　　山上　二六
舅馬を　　　　　　　相聞　四二
母蟹の　　　　　　　鴉と　九六
母戀ひて　　　　　　霧島　一九二
母の鳥　　　　　　　山と　一七〇
濱を吹く　　　　　　山よ　一六六
はらからも　　　　　天地　二三二
原の草　　　　　　　山山　二三六
日あたりの　　　　　旅景　一八一
萬里きて　　　　　　沙上　一九六
半面は　　　　　　　慈人　一四一
半田山　　　　　　　備前　二六四
　―柳のもとに　　　満蒙　一九〇
　―頸城平に　　　　越佐　一五五
はろばろと　　　　　満蒙　一八九
光、七瀬、　　　　　相聞　六八
光れるは　　　　　　折折　一七五
引きずりて　　　　　鴉と　一七五
久しきを　　　　　　慈人　一九三
柄杓にて　　　　　　旅景　一七七
襞ごとに　　　　　　空即　二九三
人あまた　　　　　　鴉と　九五
ひとりの
　ひとりきれの
人叫び　　　　　　　萬葉　二五六
一しきり　　　　　　石榴　一四六
人知らぬ　　　　　　鴉と　七七
　―苦しきことを　　南信　一四九
　―銀座通りの　　　爐上　一〇二

―我が悲しみは……老癘　二六四
人すべて……………石山　一六六
　―悪しきならんや…爐上　一〇六
　―打とけがたき……慈人　一三三
人誰か………………相聞　六七
一つ著く……………北陸　二〇六
一ところ……………南信　一五四
人なみに……………南枝　二六〇
人として……………鴉と　七九
人の世を……………爐上　一〇六
人の目を……………鴉　　二六九
人の身を……………南信　一五一
人の子の……………紫　　二六六
人眠り………………沙上　一〇九
人に似る……………嶽影　二三九
人麻呂が……………弟涙　二一九
一ふしの……………爐上　一一〇
ひと張の……………相聞　五五
ひとむらの（一むらの）…相聞　五五
瞳もて………………相聞　五五

人皆が………………相聞　五七
人は唯………………天地　三一
人は皆………………相聞　六四
ひとふしの…………相聞　一一〇
灯のひかり…………爐上　一〇六
火のなかに…………火　　二六九
火のごとき…………爐上　一〇六
日の出づる…………相聞　四六
火なりける…………嶽影　二三二
日向見の……………相聞　四九
日は落ちぬ…………嶽影　二二六
日は急に……………鴉　　九三
日は西し……………西東　一八〇
姫君の………………東西　二九
百町の………………北遊　二三六
百ほどの……………石榴　一五二

灯ともれば…………爐上　一〇六
ひるまへに…………南信　一五四
書見たる……………沙上　一〇六
ひろがれる…………西海　二三二
ひろき手を…………備前　二〇二
ひろき湯に…………爐上　一〇三
廣げたる……………山山　二〇二
ひろらと……………山泉　一二二
ひとり行く…………鴉と　八四
ひとり臥し…………相聞　一七八
一人寝の……………越佐　一五六
ひと夜見て…………沙上　一〇九
ひと夜きて…………爐上　一〇六
ひと目見て…………爐上　一〇六

書の月………………山泉　一二四
富士行者……………嶽影　二三一
不思議より…………南信　一五四
ふしどより…………鴉と　九六
富士に來て…………慈人　一二二
富士の脚……………沙上　一六六
富士のすそ…………爐上　一〇三
富士の西……………山泉　一二二
富士の嶺を…………山山　二〇二
富士の花……………萬葉　一八八
藤の花………………南枝　二六一
柴原の………………南枝　二六一
富士も背を…………嶽影　二四一
富士を匍ふ…………弟涙　二一七
富士もまた…………嶽影　二四一
弱茶いろと…………相聞　六三
火を焚かぬ…………相聞　六一
火を焚きぬ…………弟涙　二一六
ひんがしに…………越佐　一六一
ひんがしの…………爐上　九七
笛きこゆ……………相聞　四八

富士および…………嶽影　二三五
富士いづく…………嶽影　二四一
富士さやかに………嶽影　二四一
更けし夜の…………熱海　二〇一
更くる夜も…………石山　一六六
ふくろより…………洛外　二五〇
ふくるまま…………嶽影　二二七
ふくらみて…………東西　三一
吹く風を……………越佐　一六五
ふきぬけの…………旅景　一七六
ふき分けの…………西東　一八一
二方に………………西海　二三四
二つある……………折々　一七五
ふた月を……………空即　二五二
二葉より……………半面　一二七
夫人たち……………殘花　一八八
豊前より……………豊前　一二四
鱶の血に……………爐上　九二
笛前より……………豊前　一二四

二荒山
　―二荒………………殘花　一八七
　―高原の山…………鴉と　九一
　―山火事あとの……相聞　四一
二日三日……………熱海　二〇〇
二人より……………鴉と　八一
二人まで……………空即　二五二
ふた月を……………空即　二五二
ふたつある…………折々　一七五
二方に………………西海　二三四
ふきぬけの…………旅景　一七六
吹く風を……………東西　三一

ひとむれの…………相聞　五七
　―龍舌蘭の…………空即　二五四
　―杉の大樹の………越佐　一五四
　―枯れすすきより…伊豆　二三七
午すぎの……………午すぎの
屏風崎………………北陸　二〇六
書となり……………越佐　一五五
ひとむれの…………嶽影　二三五

筆とりて
　―思へるほどの……豊前　三四
　―心をどれば……沙上　三〇二
筆とりぬ
　ふと思ふ……山溪　三〇
　ふと手を……越佐　二〇六
太き手を……越佐　一五五
太き輪の……南信　一五〇
　ふと開く……西海　三三五
太やかに……鴉と　一七
船原の……空郎　二九三
船にゐて（船に居て）
　―兒らの上をば……満蒙　一八二
　―周二の歌を……洛外　二三〇
船に著く……秋景　二六六
船の繪を……石榴　一五四
船の鐘……越佐　一七六
船早し……備前　二六三
舟寄せて……空郎　二九五
船呼べば……西西　三三
吹雪にも……北陸　二〇六
踏むたびに……霧島　二六四
麓ゆく……空郎　二九五
冬青む……茅花　二六四
冬枯の
　―木立のうへの……慈人　二八〇
　―すすき白けて……慈人　二八〇
　―溪間に岩と……山溪　三三
　―前の木立に……旅影　一六一
ほととぎす
冬來れど……鴉と　一七
冬の芝……嶽影　二二二
冬の日の……相聞　四二
冬の骨……北陸　二〇九
冬晴れて……南信　一五二
振り返り……空郎　二三〇
古歌の……相聞　四六
古くから……相聞　四六
ふるさとの……相聞　六二
古だたみ……殘花　三二〇
古葉みな……老癡　二五四
古びたる……燗上　一九一
ふる山の……燗上　六〇
觸れがたく……相聞　四四
文三が……越佐　一六一
べにがらと……燗上　一九一
紅を注し……燗上　一〇四
部屋ごとに……四萬　二二一
法師湯に……山溪　三二二
北陵に……北陵　二〇一
北陵の……半面　一三六
誇りかに……相聞　二一〇
星ひかり……　六一
細ながき……満蒙　一八三
ほととぎす
　―消えんを思ふ……満蒙　一六九
　―人の名呼ぶは……索　二七
ホテルより……嶽影　二三六
ほのかにも……空郎　二三〇
頬に遣る……豊前　三三
　―寂しきなかの……山よ　二六八
　―風吹く山に……嶽影　二三三
　―青木が原は……嶽影　三二一
ほのかにも……半面　一三五
ほの白く……西海　二三六
ほほ笑みて……慈人　二五一
洞多し……秋景　二六六
ポンペイの……石榴　一五四
牡丹をば……爐上　一九三
ほそぼそと……霧島　一九一
貧しさの……爐上　一九三
渤海に……満蒙　一五八

ま行

舞姫と……鴉と　七〇
舞ふによく……鴉と　九四
前脚の……嶽影　
前脚を……春遊　二六六
前の木の……慈人　二五二
前の浪……越佐　二五二
前垂に……相聞　五四
眞野の浦……萬葉　二五三
眞晝すら……萬葉　二五四
ま白羽の……毒草　四〇
ま清水に……萬葉　二五五
まはだかに……鴉と　九三
まばらにも……鴉と　九二
ますら男の……東西　三一
また逢はじ……鴉と　一八四
また更に……嶽影　三二一
松かげに……備前　二六四
松かげの……越佐　一五九
松かぜに……
松風の……慈人　二五一
松島の……
　―海の初秋……青根　一六五
　―沖の夕立……青根　一六五
松千株……東西　三一
松立てる……近畿　三一六
松長く……慈人　二五二
松の葉も……嶽影　二二九
松の葉の……山泉　二二三
まなじりの……鴉と　八〇
まなぶたに……鴉と　八〇
まのあたり……萬葉　二七
豆がらを……萬葉　二三二
まぼろしに……眞畫　二三二
先づやどる……近畿　三一八
迷ふべき……老癡　二六六

眞夜中に …………… 萬葉 二六
稀に來て
　—佐渡の夜に聽く… 峽谷 二六八
　—毅われ等と… 茅花 二七三
稀に見て
　—南枝 二六一
饅頭を
　—沙上 一九九
マンドリン ………… 相聞 六〇
萬年の
　—嶽影 二三二
見おろして ………… 越佐 一五六
みぎはなる ………… 伊豆 二六九
御籤ひけば ………… 紫 二二七
みこころは
　—越佐 二六一
　—力に成ると… 老癡 二六一
御子たちの
　—鴉と 八八
岬なる
　—鴉と 八八
　—小さき心と… 旅景 八一
見しは唯
　—殘花 二三〇
水青く
　—爐上 九九
水色の
　—鎌倉山の… 相聞 五五
　—玻璃の世界と… 嶽影 二三七
みづうみと ………… 嶽影 二三二
みづうみに
　—殘花 二三一
　—爐影 一四〇
みづうみの
　—上なる山の… 旅景 一七九
　—奧に澤あり… 秋景 二六九
　—雲にこだます… 山山 二七九
　—小島の岩に… 沙上 二〇〇
　—中の淺瀬の… 山陰 二〇四

西のみぎはに ……… 山山 二七九
みづうみへ ………… 諏訪 二六六
みづうみを ………… 旅景 二八一
　—水音と… 四萬 二三二
　—水おとに… 慈人 二三三
みづからに ………… 爐上 二〇五
みづからの ………… 慈人 二五六
みづからは ………… 旅景 八一
　—乏しきことを… 慈人 二五六
　—みづからは… 沙上 二〇一
　—たづさはること… 老癡 一七四
　—力に成ると… 茅花 一七四
　—靜かなる死を… 爐上 一七一
　—心は紙に… 空卽 一〇五
　—織りたるきぬの… 空卽 二〇五
　—知り盡したる… 涕涙 一一五
　—捨て萬葉に… 石榴 一四四
　—小しとしたる… 嶽影 一二五
　—燒く火ひそめば… 折折 一六四
　—水ちかき… 北遊 一三五
　—水のうへ… 右山 一六六
　—水のおと… 石山 一六六
　—水を聽き… 北陸 二〇六
　—溝の草… 四萬 二一四
　—溝を越え… 諏訪 二六六
　—路折れて… 山泉 二二二

路暮れて …………… 南信 一五一
路すでに …………… 爐上 一〇七
路盡きて
　—山に降りきて… 越佐 一五五
路轉びて
　—妙高を… 山山 二六〇
路無きを …………… 空卽 二〇五
路に遇ふ …………… 相聞 六六
見るほどに ………… 早春 二五〇
見る我れも ………… 近畿 二三六
むかし我が ………… 越佐 二五五
無口にて …………… 越佐 一五五
椋鳥の ……………… 洛外 一三六
むさし野の ………… 折折 一七二
蟲干に
　—去年の袴を… 鴉と 八四
咽びつつ …………… 滿蒙 二九〇
むすめたち ………… 折折 一七二
無心にて …………… 爐上 一〇四
むら消えの ………… 諏訪 二七一
紫と ………………… 檞之 六九
むらさきに ………… 山山 二六〇
むらさきの（紫の）
　—袴を着けて… 峽谷 二六七
　—縁とる白き… 相聞 六四
　—むら竹を… 慈人 二五四
むら山と
　—かの甕なるは… 山山 二六〇

路曲り ……………… 青根 一六四
見て思ふ …………… 嶽影 二二〇
三ときほど ………… 山溪 二二〇
南座の ……………… 折折 一六四
南より ……………… 茅花 二二六
身は老いて ………… 鴉と 八四
身の老いて ………… 折折 一七二
峰山の ……………… 山陰 二〇三
身に沁みて ………… 相聞 四九
身はここに ………… 慈人 二〇八

目ざむれば……爐上 一〇九
めでましし……越佐 一六一
目に見えぬ……山よ 二七六
目のしたに……嶽影 一三三
めらめらと……相聞 五一
蒙古かぜ……滿蒙 一八三
もえもえて……嶽影 一三三
杢太郎……茅花 二七三
百舌なけば……愁人 二四三
もだしたる……滿蒙 一八六
物云ひて……鴉と 八四
物云へば（もの云へば）
—上の上なる……峽谷 二八八
—吉備の敦夫は……石山 一六六
—衒ふに似たり……爐上 一〇八
もの云はで……爐上 一〇九
もの云はん……鴉と 八六
物とせず……北陸 二〇八
ものの蔓……鴉と 八一
紅葉して
—橡まゆみなど……峽谷 二八七
—山に垂れたる……洛外 二三八
もみぢ葉の……紫 三七
桃色を……嶽影 一三三
桃が散る……相聞 六〇
桃を見て……伊豆 二三〇
靄立ちて……豐前 二三三
盛り上り……北遊 二二四
兩臂を……相聞 四九

や行

やがて皆……愁人 二四七
燒藷を……近畿 二一七
藥草を……旅景 一七七
八雲住み……山陰 二〇四
燒石の
—黑き底より……嶽影 一四〇
—くろく沈める……嶽影 一三四
やさしくも……沙上 二〇一
瘦せがちに……鴉と 八一
八千卷の……涕涙 一一五
宿無しの
—男と寒き……鴉と 九〇
—子は皆死ねと……鴉と 九〇
柳ちる……愁人 二五〇
屋のうへに（家の上に）
—霜か置くらん……萬葉 二五
—默す妻子ら……鴉と 八一
山荒く……半面 一三八
山五つ……四國 二三六
病より……愁人 二五三
山をとこ……鴉と 七三
山重く……旅景 一八一
山かげに……嶽影 一三五
山かげの
—軒端は暗し……越佐 一五四
—波浮の入江の……春遊 二五七
山火事の……殘花 二三一
山風の……相聞 五一
山消えて
—久住の牧の……豐前 二三三
—我が倚る軒に……山上 二六五
山國の……旅景 一七七
山くろく……四萬 一二一
山ざくら……山よ 二七七
山裂けて……鴉と 九二
山城に……鴉と 七六
山代の……北陸 二〇七
山涼し……山山 二八〇
山すでに……山山 二八〇
山せまり……山溪 二二一
山高し……東西 三〇
山と云へば……相聞 四一
やまと歌に……紫 三六
山と山……青根 一六四
山に來て
—荒れたる城を……沙上 一九七
—思へば我れの……豐前 二三四
—折る毒うつぎ……嶽影 一四一
—たまたま聞けば……殘花 二三三
—手紙を書かず……四萬 一二〇
—降れと願ひし……愁人 二四三
—物を憎まず……旅景 一七七
—山の葡萄を……旅景 一七九
山に噴く……豐前 二三二
山に見る
—伊豆の入江の……熱海 一三〇
—はかなき草の……四萬 一三三
—みづうみの島……沙上 二〇〇
山の秋……愁人 二四五
山の虻……四萬 一二一
山の雨……四萬 一二五
山の井に
—瘦せし我が頰を……鐵幹 三五
—我が汲む吊瓶……萬葉 二七
山のうへ……嶽影 一三六
山のかげ……越佐 一五四
山の風……南信 一五三
山の木に……山上 二六六
山の客……越佐 一五五
山の草
—なかにも白き……山山 二七九
—軒に及ぶを……豐前 二三三
—ふと見つめたる……四萬 一二一
山のこと……愁人 二四三
山の坂……諏訪 一七〇
山の土……旅景 一八〇

山の亭
　—夜更けて月を……四國　二三六
　—わが座の前に……早春　二六〇
山の灯に……欅之　二六三
山の日は……西海　二三三
山の宿
　—琥珀の色の……相聞　六一
　—くろき襟ある……慈人　二四
　—まくらの堅し……山泉　二四
山の湯に……山上　二六〇
山の湯の……山溪　二三一
山の夜の……伊豆　二六九
山の炉に……鴉と　八七
山畑に……四萬　二三一
山はやく……鐵幹　二三一
山冷えて……山溪　二三一
山深き……山泉　二三一
山古りて……南信　二六一
山べより……豐前　二三三
山も野も……旅景　一七六
山山の
　—端をふちどる……嶽影　二三七
　—雪をながめて……南信　一六九
山山も……山泉　二二
山をして……越佐　一五三
山を見て……南信　一七九
病む兄は
　—幾重の山を……南信　一七八
　—越のむら山……北陸　二〇九
病む兄は……慈人　二五四
病むことを……涕涙　二三五

病む妻の
　—山よ……二七六
病む身より……鴉と　八七
病める子は……二六六
やよ韓兒は……東西　二六六
雪つぶて……北信　二〇九
雪載せて……南信　一七四
雪の軒……南信　二一〇
雪の戸に……相聞　六四
雪の夜に……爐上　一〇五
海に入らんと……四萬　二三二
翡翠を空に……爐上　一〇五
夕明り……備前　二六四
夕潮に……寀　二六一
夕食の……爐上　一〇五
夕月に……鐵幹　二三一
夕月夜……東西　二一〇
夕浪が……越佐　一六二
夕ばえす……嶽影　二三七
ゆふばえの……爐上　一五四
ゆふばえの……越佐　一六二
夕燒の
　—隱れたれども……南信　一五一
夕闇の
　—さしうつぶきて……茅花　二三七
夕闇の
　—ゆかた著て……越佐　一六三
夕闇に

雪白し……南信　一五三
　—行きずりに……嶽影　二三六
雪高く……諏訪　一七一
雪つぶて……北陸　二〇九
雪載せて……南信　一七四
雪の軒……南信　二一〇
雪の峰……青根　一六四
雪の夜に……相聞　六四
行き行きて……四萬　二一〇
行く方に
　—首さし伸べて……近畿　二一七
　—小雨を侘びず……春遊　二五六
行く方を……山溪　二一〇
行く春を……鎌倉　二一一
行くほどに
　—奧の細みち……青根　一六四
　—たんぽぽの花……北遊　二三二
　—那谷の木立の……北陸　二〇七
　—高き胡琴の……石榴　一四四
　—諸手を擴げ……石榴　一四四
　—我れをば打ちて……殘花　二三二
行く水の
　—よき歌を……爐上　一〇五
　—よき夫子と……折折　一七六
行く道を……鴉と　八七
ゆくりなく……滿蒙　一八三

湯に下り……四萬　二三五
湯のいづみ……青根　一六四
湯のうえの……山泉　二一二
湯の溪の……北陸　二三四
湯の山の……旅景　一七六
湯は酒を……相聞　六四
由布の峯……西海　二三三
百合の根に……相聞　六四
ゆるされて（許されて）……諏訪　一七一
やうやくに……鴉と　八七
用無くば……茅花　二三七
湯を浴びぬ……北陸　二三四
搖れに搖れ……石榴　一四四
我れと萬里と……涕涙　一六
　—石山寺の……石山　一六六
　—悲むところ……諏訪　一七一
走り書きせず……老癡　二六四
夜ごと來て……四萬　二二〇
夜の……爐上　一〇六
浴室に……諏訪　一七一
浴室の……四萬　二二〇
横濱の
　—運河に注ぐ……沙上　二〇〇
　—山の手の灯の……
横濱を……相聞　六三
湯に打たれ……霧島　二五三

索引

與謝郡……相聞 五三
與謝にある……山陰 三〇三
蘆枯れて……南信 一五〇
吉野屋の
　—竹ある窓に……北陸 三〇七
　—番傘を手に……北陸 三〇二
四十路にも……満蒙 一八〇
外目には……鴉と 六九
與太郎が
　四ときほど……満蒙 二八二
夜となりて……慈人 二五二
夜となれど……南信 一五〇
夜となれば

世の中に……萬葉 二六
夜の辻の……相聞 五九
夜の隅に……爐上 一〇二
世の如し……相聞 四七
夜の如く……鴉と 七二
世のこころ……相聞 四七
世の味も……秋景 二六六
世にまじり……相聞 四四
世に住めば……慈人 二五四
世に在りて……慈人 二五五
世に壓され……北遊 二五五
　—富士を守りて……嶽影 二三七
　—野を守りて……爐上 一〇〇

世のなかの……萬葉 二九
世の人の……東西 三〇
夜の更けて
烈風に……春遊 二〇七
蓮華峰寺……越佐 一六〇
　—月とむら雨……霧島 一九二
呼子鳥……蔓花 二三二
四方の峰……越佐 一五四
夜もすがら……山泉 二一一
夜更くれば……熱海 一三九
世ひと皆……相聞 四九
呼びかはし……相聞 六四
　—山のにはかに……平面 一一一
よろこばん……鴉と 六五
よろづ代の……相聞 五三

ら行

羅漢寺の……素 三六
駱駝をば……鴉と 八七
流俗を……相聞 六六
良辨を……相聞 四五
遼陽の……満蒙 一七八
両わきに……嶽影 二二八
RINTARO……弟涙 二八
凛として……鎌倉 二一〇

玲瓏と……伊豆 三〇六
靈をもて……相聞 六六
烈風に……春遊 二〇七
蓮華峰寺……越佐 一六〇
廊のもと
　—さらに廊あり……四萬 二二四
蠟燭を……鴉と 七七
　—花白けたる……空即 二二三
六十に……南枝 二六〇
　—若き日に……伊豆 三二六
若き日は……鴉と 六八
爐に添へて……北陸 二〇八
驢馬に乗れば……素 二〇八
爐の室に……空即 二五二
爐火に……素 二三七
爐のもとに……北遊 二二三

わ行

わが家の
　—五歳の次郎……相聞 六五
　—痩せたる子等も……嶽影 二三五
　—八歳の太郎が……爐上 六二
我歌の
　—わが馬の……鐵幹 二二二
わが上に
　—紋白蝶の……近畿 二五〇
　—わが待てること……鴉と 七二
わが汲める……近畿 二一七

わが髪に……北遊 二二三
わが髪を……嶽影 三二二
わが汽車を……慈人 二五四
わかき人（若き人）
　—手とりて過ぎし……相聞 五一
　—ニィチェの鷲の……伊豆 三〇六
　—雪のなかに……伊豆 三二六
若き日に……鴉と 六八
若き日は
若きむれ……爐上 一〇六
若きより
　相知る秋津
　梅に埋れて……満蒙 一八二
　—われみづからを（わかくして）……山よ 二七七
若くして（わかくして）
　若き國を恐れ
　—異國を恐れ……近畿 一九〇
　—思ひ合ひたる……爐上 一〇〇
我が來れば……慈人 二九三
我が玄耳……満蒙 一六五
わが和尚……相聞 六七
わか楓……鎌倉 二一〇
わが戀は……相聞 四一

我が書かば……慈人 二九四

わがこころ
（我がこころ・わが心）
―一期病す……相聞　五〇
―牛にひとしく……南信　一五三
―黑部の秋の……秋景　二六九
―靜かなるかな……北遊　二一四
―すずろに亂る……相聞　五八
―それと通へる……北遊　二二五
―なぐさめかねて……相聞　五三
―また新まる……鴉と　六九
わが心の……相聞　四九
わが言葉……秋景　二七一
わが兒啼く……榭之　六八
わが駒の……天地　三三
わが駒も……東西　三〇
若狹路の……相聞　五七
わが少女……折折　一七五
わが次郎……相聞　六五
わが裾に……南枝　二六〇
わが坐る……備前　二六四
わが園は
―草のみ深し……折折　一七三
―人の肩より……折折　一七二
我が立てる（わが立てる）
―姿も寂し……鐵幹　三四
―卽涼山の……北遊　二一四
わがために（わが爲に）
―馬の口をも……嶽影　一三五
―仙人臺の……滿蒙　一八六
―路ぎよめせし……相聞　五七
わが父は……愁人　二五四
わが妻が……沙上　二〇一
わが妻は……山よ　二七五
わが手もて
―捉ふることの……爐上　一〇七
―わが常磐木を……鴉と　九五
わが手をも……旅景　一七六
わが時は……鴉と　七七
わがどちは……相聞　五四
わが友の……洛外　二三九
わがなみだ……相聞　四三
若葉して……殘花　二三〇
わが母と……洛外　二三八
わが萬里……霧島　一九二
わが船の
―しろき舳先に……越佐　一六〇
―立てゆく外に……近畿　二一八
わがホテル……嶽影　一四一
わが前に
―紅き風吹き……鴉と　七四
―鳴門の海を……四國　二三五
わが前の……爐上　九八
わが惑ふ……愁人　二四一
わが窓に……旅景　一八一
わが道に……霧島　一九三
わが見るは……涕涙　一一八
我目には……空卽　二九四
若やかに……鴉と　九五
わが指に……嶽影　一四一
我がよはひ……老癡　二八一
別れをば
―惜む友にも……鴉と　七〇
―端書に云ひて……老癡　二八五
和氣を行く……備前　二六三
わかうどは……相聞　五一
わしれども……鴉と　八二
わづかにも……春遊　二五八
忘れざる……空卽　二九二
忘れたる……石榴　一四四
わたつみの……相聞　四七
渡るとて……山陰　二〇二
侘びざらん……秋景　二七〇
藁打ちて……相聞　五三
童にて……旅景　一七八
藁をもて……峽谷　二八八
わりなしや……東西　三〇
われ受けん……嶽影　一三五
我れ老いて
―秋の盛りと……老癡　二八四
―心は寒し……南枝　二五九
われ置きて……相聞　五〇
我れ恐る……老癡　二八五
「われ死なん」……涕涙　一一七
我れすでに……峽谷　二八六
われ常に……牛面　一二六
我れと我が……埋木　三九
我れながら……山陰　二〇三
われの觀る……滿蒙　一八六
われの夢……秋景　二七〇
われは行く……相聞　六二
われ一つ……相聞　五五
我れもまた（われもまた）
―しばらく家の……秋景　二六八
―物乏しくて……愁人　二五一
―和人のひとり……北遊　二一四
我らみな……鴉と　八五
我等をば……伊豆　二三七
我れをいざ……洛外　二三八
我れを今朝……伊豆　二三九
我れをだに……茅花　二七二
われを見て……牛面　一二六
惡ろしとは……愁人　二四六

與謝野寛短歌選集

二〇一七年二月一〇日初版発行

編　者――平野萬里
著作権継承者＝平野千里
東京都杉並区本天沼二―三〇―一二（〒一六七―〇〇三一）

発行者――田村雅之

発行所――砂子屋書房
東京都千代田区内神田三―四―七（〒一〇一―〇〇四七）
電話　〇三―三二五六―四七〇八　振替　〇〇一三〇―二―九七六三一
URL　http://www.sunagoya.com

組　版――はあどわあく

印　刷――長野印刷商工株式会社

製　本――渋谷文泉閣

©2017 Banri Hirano Printed in Japan

ISBN978-4-7904-1621-0 C0092 ¥3500E